T0025307

ВОРОНИЙ КРИК

Написала Автор
Анастасия Шмарьян

Перевод с Английского
Анастасия Шмарьян

Order this book online at www.trafford.com
or email orders@trafford.com

Most Trafford titles are also available at major online book retailers.

© Copyright 2013 Анастасия Шмарьян.
All rights reserved. No part of this publication may be reproduced, stored in a retrieval
system, or transmitted, in any form or by any means, electronic, mechanical, photocopying,
recording, or otherwise, without the written prior permission of the author.

Printed in the United States of America.

ISBN: 978-1-4907-1033-4 (sc)
ISBN: 978-1-4907-1032-7 (e)

Trafford rev. 08/21/2013

 www.trafford.com

North America & international
toll-free: 1 888 232 4444 (USA & Canada)
fax: 812 355 4082

В данном сюжете описанны, частично реальные факты событий. Здесь имена героев; названия мест и действия происходят, в конце XX -XXI Столетиях.

Глава 1

С лышен крик вороны, находящейся в воздухе, видно, как её глаза осмысляют что-то, в дали. После приземления на ветвь дерева, ворона заняла позицию - сидя, кланяясь взад и вперёд, в сторону небольшого домика, находящегося внизу. Здесь открывается вид на городок, расположенный в районе метрополитена, Детроита. Теперь по-времени, наступил конец рабочего дня, где видно, возвращающихся с работы, простых граждан, после изнурительной труда.

В это время внимание привлекает дом обычной Американской семьи - среднего класса, чьи предки происходят от трьего поколения, прибывших эммигрантов, из Европы. Вот, здесь и расположен семейный очаг семьи Липинских. На их семейной кухне замечена лежать, развёрнутой на столе, местная газета 'Daily', с опубликованными свежими номерами и статьями там. Среди четы Липинских предстаёт мужчина - Питер, который переживает крисис среднего возраста. Он ростом: примерно - 1метр 80 сантиметров; брюнет; с серо-голубыми глазами; и он выглядит: в возрасте сорока-пяти, или старше. Питер ещё, и - главный источник дохода семьи Липинских. Там же, в углу, на противоположной стороне к Питеру, видна, стоящей его жена, Розалин - женщина, со-средней комплекцией фигуры; и, по-возрасту ей - чуть больше сорока. У неё светлые кучери, и, вероятно она красит волосы в Салоне Красоты, но, не часто, как это нужно делать. Кроме взрослой, женатой пары, здесь замечены и, их дети: сын, Роберт - четырнадцатилетний подросток. И их младшая дочь, Сэра-Джейн. Кроме них, тут также внимание привлекает пожелая женщина, Марджи - бабушка этих детей.

Воспользовавшись случаем Питер, неожиданно заявляет, что уходит из семьи:- Я встретил женщину, моложе себя, и она привлекла меня. Вот тогда, у нас и началась близкая связь, и -наши отношения продолжаются, до сих пор. Я полюбил её...- Сделав глубокий вздох, Питер, вдруг опустил голову вниз, и, промолчал немного, будто чувствовал себя опозоренным, но без каких-либо, сожалений. Ну а, Розалин в свою очередь, уставилась на него, будто была сконфуженна.

Сейчас Питер, набрал полную грудь кислорода, и -увидел шанс, запастись смелостью, чтобы утвердить; а его голос звучал сухо, но -медленно:- Рози я, я...- Питер тут замялся, и, опустил голову вниз, так как, избегал смотреть жене в глаза. Став шевелить плечами, он произнёс:- Рози, послушай, мы уже живём вместе много лет! Но, только сейчас я понял, что больше не люблю тебя. Я рад, что у нас родились дети! Всё же я чувствую себя ещё вполне полноценным мужчиной, но, ни в коем случае, старым, ни за что!- Питер прекратил; затем тяжело вздохнув, он рассказал подробнее:- И, я желаю жить с той, кого я, по-настоящему люблю!- Тогда, как Розалин выглядит частично с разбитым сердцем, а частично - пребывая в тревоге, когда она зациклилась на муже в недоумении то, что сейчас услышала. Вдруг, она закричала, плачуще:- Питер, ты что говоришь? Я немогу в это поверить?- Питер перебил её, и заговорил сам, в то время, как стал шатать головой; следом, он опустил шею вниз:- Я должен с этим покончить раз, и - навсегда! Прости Рози, но я решил уйти из семьи!- Теперь глаза Розалин расширились, и отреагировав, она спросила: - Тогда скажи мне, Питер, это всё - моя вина? Что, со -дня нашего знакомства, я всегда любила тебя? Вышла за тебя замуж, родила и воспитала твоих детей! А, сейчас что же, мы должны расстаться, потому, что наш брак распался? Но, из-за чего?- Он прервал её, возмущённо:- Я так больше немогу! Рози, наши дети практически выросли, Роберт - особенно! Он станет незаменимым помощником для всех вас!- Розалин, всхлипывает; а, её руки лежали на бедре; и она тут предстала женщиной с приятной, наружной внешностью. Ещё заметно, как слёзы катились, по её круглым щекам.

В тот самый момент дверь отворилась, и, в кухню вошёл их сын - Роберт. Заметив, что его мать расстроенна, с мокрыми от слёз глазами, последовало, что Роберт обратился к отцу с обвинениями, так как, был сконфужен:- Что, тут происходит? Мама, почему ты плачешь?- Подняв голову вверх, и волнуясь, Розалин поглядела на мужа:- Сынок, будет лучше, если твоей отец сам тебе объяснит?- Но, в этот миг оба родителя стояли, безмолвно. Но тут, Питер прервал гробное молчание, и, имея ввиду: он, произнёс:- Роб, для меня непросто говорить тебе об - этом, но я ухожу от вас. Так как мне, нужно побыть одному. Прости, сынок...- Но, его прервал юноша, который выглядел, будто готов расплакаться:- Почему, папа? Я, что сделал, что-то ужасное?- Роберт вдруг, стал тяжёло дышать. Следом, он демонстративно выбежал из комнаты, но, в тоже время юноша, вхлипывал на ходу - пребывая в грусти.

Прошло уже более двух часов, с того момента, как Роберт закрылся в ванной комнате. Здесь он предстал, сидящим на полу; держа руки сверху, на своей голове. Он этим - выражал скорбь, когда задыхаясь, всхлипывал; а, его плечи - дрожали.

За дверью, в корридоре, слышно идущих Липинских, вместе с их дочерью и, также, в сопровождении бабушки - Марджи. Когда семья приблизилась к двери, эхо их голосов, уже стало слышно - звучнее. Было заметно, что эта пожилая женщина, Марджи плачет, в то время, как она молебно, просит:- Робби, сладкий мой, умоляю тебя, пожалуйста, открой двери? Уже давно прошло время ужина. А, ты даже не попробовал еду?- Видно, что Питер расстроен, тогда, как, он нервно потирает мочечку своего уха. Затем, он заговорил, и имеет дело к сыну, пребывая в напряжении:- Роб, ты - там? Просто ответь нам? Твоя мама, и - я переживаем за тебя, сынок?- А, в это время, Роб хнычет, тогда, как звуки охрипшего, от его воплей голоса - слышны:- Нет, я не выйду отсюда!- Юноша, плача, и задыхаясь, он заявляет:- Если отец поклянётся,

что он останется с нами?- Но, Питер - шатал головой:-

Послушай, Роберт, мне не хочется тебя обманывать,

но, если ты обещаешь, выйти из ванны, я даю слово,

что мы поговорим!- Все Липинские стояли в проходе,

смотрели друг-на-друга, при чём, покачивая головами;

видно, как их плечи, вздрагивали, двигаясь вверх и

вниз; но, они ещё - тяжело дышали. А, Роберт, между

тем сидя, в ванной, произнёс, утомлённо:- Хорошо,

папа! Я выхожу!-

В это время, дверь медленно приоткрылась, и,

оттуда первым делом появилась голова Роба в проёме;

а, затем последовало худощавое сложение парня,

выползавшее медленно, наружу. Юноша выглядел

частично испуган, а частично - расстроен, тогда, как в

его глазах застыли слёзы.

Питер вдруг, с размаху схватил Роба за левую

руку, пытаясь ему объяснить:- Роб, ты должен знать:

что твоя мама и я - всё обсудили...- Питер, пытается

заручиться поддержкой Розелин, заглянул ей в глаза:- Я буду приходить часто наведывать тебя и, Сэру-Джейн! Главное, когда наступят школьные каникулы, мы втроём будем проводить время вместе. Я возьму тебя и Сэру и, мы вместе поедем на пляж, в Мексику!- Но, Роберт тут прервал его речь, выкрикнув:- Папа, ты - обманщик! Я не хочу, чтобы ты от нас уходил? Я тебя люблю папуля! Пожалуйста, не бросай меня!-

Теперь Питер схватив Роберта за руку, крепко держит его. Но, юноша вырвался из цепкого сжатия руки отца; и - стрелой, вылетел из комнаты, где он растворился, в темноте ночи...

Прошло много времени, с тех пор, как Роберт убежал из дома. А, в это время заметно, что атмосфера среди членов семьи Липинских напряжённая: они волнуются за Роберта. Розелин, первая нарушает нагнетённую атмосферу, обвиняя - Питера: - Это ты во всём виноват! Где Робби, может скрываться?- Теперь в ссору, вмешалась их дочь:- Мама, папа я знаю, где Роб, прячется!- Эти взрослые тут же, обратили внимание на их младшую дочь, когда, Питер спросил, и - одновременно его голова, опустилась вниз:- Сэра, ты действительно знаешь, где он? Тогда скажи нам?- И, Джейн объясняет убедительно:- Роб, у нас на чердаке, играет на гитаре!- Услышав это, они стали её выпытывать:- Ты уверенна, Сэра? Откуда, ты это -знаешь?- В этой сложной ситуации, Сэра-Джейн пытается объяснить всем:- Часто, когда у Роба возникают проблемы, он идёт наверх, на чердак...- Питер обернулся, узнав о том известии, и предстал перед жены, и, завёл с ней разговор:- Рози, давай поспешим, наверх?- Розалин вздохнула, и, ответила - утвердительно:- Хорошо! Давай, пошли, наверх!-

В тот же момент, Сэра-Джейн последовала за ними. Розалин, в это время, стоит в углу, и стала разбираться с ней:- Куда это вы собрались, девушка? Без разрешения? Сэра, иди лучше к себе в спальню, и попытайся уснуть? Мы сами разберёмся с Робби, и без твоей помощи!- А, так как, Сэра-Джейн - наивна:- Хорошо, мамуля!

Спокойной ночи, папуля!- Замешкавшись, Питер отреагировал:- Отлично, Сэра-Джейн! И, тебе тоже спокойной ночи! Иди, и ложись спать, дорогая!-

Итак, тройка взрослых, включая Марджи - вышли из комнаты.

На чердаке, в это время, шум наполнился воздухом, где также слышен учащённый ритм сердце-биения Роберта. На чердаке заметна паутина, свисающая вниз и, вокруг, покрытая пылью. В помещении темно, и, лишь свет пробивается сквозь окошко, что не мылось целую вечность. По-сторонам слышны звуки, от доносившихся белых голубей, или других пород птиц, которые порхали, и вследствие того, разносилось эхо кругом и - извне. Внизу же, Липинские ступают без ориентировки, поднимаются медленно, там, за стеной, слышны их поступи, когда они трое взбираются по лестнице. На лестничной площадке, слышны резонансы их голосов, и таким путём, Роб находящийся на чердаке, слышал их шаги.

Стена, соединявшая дубовую дверь снаружи, ведёт к тяжёлому металлическому люку, что вдруг отворилась, и туда входит тройка Липинских вместе с Марджи. Заметно, как у последней слёзы застыли в глазах, когда она повысила голос, но, её тон, жалобный:– Робби, дорогой ты где? Ты ёще не сделал школьное, домашнее задание, на завтра?- Следующая на очереди Розалин, которая пыталась сохранять выдержку, но вместо того, была - вся на нервах:- Робби, я знаю, что ты - здесь! Так как, слышу твоё дыхание!- Резонанс исходящий от её голоса, слышался сквозь пустые стены.

К тому моменту дыхание у Роберта, стабилизировалось. Но, вот тревога на лице Розалин, не исчезла - напротив: её ноги постоянно двигаются; тогда как, вдруг она остановилась возле старинного сундука. Шаги, находящиеся там стучали, двигаясь по-каменному полу, одни из них - туфли Питера, были хорошо знакомы, Роберту. Но, Питер выглядел злым:- Роб, так ты по-прежнему, отказываешься выйти?- Следующая на очереди - Марджи, которая плачет, и, видно, как её плечи вздрагивают:- Робби, дорогой, покажись?- Тут, по-прежнему слышен плач Марджи. Розалин волнуясь ломая, трещит пальцами; а, затем она набрала полную грудь воздуха. Лицо Питера сменилось - на бледно-зелёный от злости и, решительно прервал Розалин, сам, объявив:- Роб, ты вечно делаешь, что хочешь? Ну хватит! - Пора принимать радикальные меры! Я сейчас, как схвачу его за шкирку и, вытащу из паршивого чердака!- Услышав такое, в результате, сердце-биение юноши из нормального, сейчас его функционирование - участилось. Питер - сдерживался, хотя он срывался, поскольку был разочарован. В этом случае слышно, как он закричал агрессивно:- Роберт ты слышишь, меня? А ну-ка давай, выходи!- В тоже время, Роб ощутил, что его сердце-биение стало функционировать в нормальном ритме. Тогда, как Питер потребовал:- Роб, сейчас же, выходи! Или же ты, будешь наказан на месяц! Иначе, я не буду приходить чтоб навещать тебя и Сэру-Джейн, когда у вас наступят, школьные каникулы! И, по-этой причине, мы втроём не будем проводить время вместе?

И, я не заберу ни тебя, ни Сэру, чтобы мы вместе могли

поехать в путешествие на пляж, в Мексику...-

В этот миг, Питер схватил Роба за руку, тогда, как

подросток стремится освободиться от сильной хватки

отца, но в конце - юноша вырывается. Сразу после,

Роб стал бежать из чердака, где в конечном итоге, он

исчез, под - покровом ночи... А, в это время на чердаке

начало нервного клубка: видно, как туфли Питера

ступают со скрипом с ноги-на-ногу, шаркая, по-

каменному полу. Марджи же, всё ещё плачет. А, вот

Розалин, словно безумная, прерывает всех и - каждого.

В тот момент, у всех заметно: начало игры их нервов,

и - обоюдные упрёки...

В тот период, когда произошло разложение между

Роберта родителями, и, которое он, очень тяжело

переживал.

За этим последовал: развод между его родителями,

что, также сильно подействовало на психологию

юноши, так как он не мог выдержать морально, тревогу - в его семье. Чем больше было драмы в его семье, тем он чувствовать себя больше одиноким, да ещё и - потерявшимся в жизни.

Драма, розыгравшаяся в семье Роберта, стало поводом для него проводить всё своё свободное время, на чердаке - в одиночестве. Он имел доступ, на верхний этаж чердака.

Глава 2

З десь, на рассвете, открывается вид на здание, где можно обозреть и - прочесть вывиску: 'Средняя Школа, Детройта'. В это время, двери школы отворились а, в классной комнате появились ученики седьмого класса, сидящие за столами, и, им - по-четырнадцать лет. Они внимательно слушают речь учительницы: по-виду эта женщина - средного возраста и по- росту. Это - госпожа Хёстлер, которая толкает им, там речь...

Вдруг откуда ни возьмись, один из учеников плюнул жувачкой, из трубочки. Полёт жувачки привёл к тому: что оно врезалось, сзади, прямо юному Липинскому в шею. В результате удара, оно причинило ему острую боль, при чём он вздрогнул, и стал двигаться. В тот же миг, Роберт незамедлительно повернулся назад, чтобы посмотреть на класс, где заметил два знакомых лица, смеявшихся, во-всю. Они - это: Мартин МекДёрмотт, которому - четырнадцать лет. И - другой юноша, такого же возраста, который сидит рядом с Мартином, его имя - Джёна Ван дер Борг. Но, Роберт - наивен, и не имеет ни малейшего понятие, кто причинил ему такую боль? Вследствие этого, он закричал, от без-исходности:- Ох! Кто это плюнул мне в шею? Кто это сделал? Ребята, скажите, кто из вас видел его?- Видно как, Джёна напрягся, и отреагировал:- Заткнись, идиот! Не мешай классу учится?- Здесь ещё замеченна учительница, стоявшая, по-среди комнаты, которая остановила его. Между тем, настроение среди учащихся, накалилось до предела. Вследствие такого шума, учительница обратилась к Роберту, со всей строгостью:-Так значит это ты, Липинский, прервал урок?- Она заглянула ему в глаза, с недольством; тогда, как Роб хранил молчание; но, она хочет допытаться:- Что в этот раз случилось, Липинский? С кем ты снова, не поладил?- После, того развернувшись, она предстала лицом перед всем классом, но, в тот момент - задумчивой, и, уже не обращала внимания на Роба. Зато, она сказала громко и, убедительно:- А, сейчас слушайте внимательно, и поймите всю важность! Завтра все будут сдавать экзамен по-физике! Я настаиваю, чтобы вы заглянули в учебники, чтоб после, для вас не было не ожиданным - ответы, которые я подготовила для теста...?-

Глава 3

Позже, в школьной мастерской рядом со стэндом, замеченна группа подростков, беседующих с мужчиной, их учителем. Имя учителя - Хюго Моралэс, чья задача заключается: чтобы дать инструктаж учащимся по дизайнам, которые используются для столярного дела, или других работ по-труду, и - на станке. На столе замечен полный комплект, разложенный и заполненный инструментами, среди которых - сверло. И, в это время Хюго начал объяснять:- Итак, мальчишки и девчоки! Слушайте и учитесь: как происходит процесс работы, по-дереву...-

Таким путём, прошло двадцать минут. Здесь все учащиеся бережно грызли науку. Впоследствие чего, им дано задание, во-время чего, они должны выбрать будущую профессию. Среди учеников: трое, которых выбрал, Хюго, должны были представить остальным свои знания по-труду:- А, теперь: Липинский, Джордж и Шерил - продемонстрируют нам свои дизайны, которые они изготовят? Для этого им понадобится бревно, и, они будут выточивать рубанком, делая макет...- Как только Роб взял рубанок в руки, и - сконсентрировался, чтобы строгать бревно: работая интенсивно, и, делая макет. Вдруг, откуда-то и кто-то сорвал Роберта с мысли, бросив в него кусок металла, и, это попало ему сверху, прямо по-руке. По-сему, он стал вертеть головой по-сторонам, это привело к тому, что он поранил инструментом, правую руку. Вследствие эффекта, из его раны стало сильно сочиться кровить:- Ой, ей, ей! Мне больно! Мистер Моралэс, смотрите, кровь течёт из раны?- Роб сразу выбросил инструмент в сторону, что упал на пол. Заметив, что юноша истекает кровью, Хюго испугался, и тогда, он схватил его за раненную руку, пытаясь, таким путём, остановить у парня крово-течение. Большинство учащихся выразили озабоченность по-поводу его; кроме Мартина, этот выглядел довольным и, улыбался. Мартин, до того выкрикнул, даже, когда кинул железную палку, в Роба. Но, этот крайний - наивен и не представляет, что кто-то мог бы, желать ему зла...

Позже, там появилась медсестра, которая сразу стала лечить рану Роберту, и, сделала ему перевязку. И таким путём, ситуация стабилизировалась, однако Роберт кричал не своим голосом, от ужасной боли...

Как только, Роберт вернулся со школы домой. Он сразу, с захода съел поздний ланч; затем сообщил Розалин:- Мама, я - иду на чердак!- Розалин, повернувшись лицом, смотрела с интересом на сына, но, волнуясь, высказала:- Роб, а, как же насчёт, сделать домашнее задание?- Последовало, что Роб поднялся с сидения, будто готов бежать куда-то, хотя он и выглядел растерянным. Она тогда, склонив голову вниз, указала на его ранненую руку:- Но, я же должна сделать тебе свежую перевязку, на руке?- Но ехо её голоса - расплылось, и, зависло в воздухе. Роб же, само-устремлённо, необращая ни какого внимания на мать, открыл входную дверь, а, сам - исчез снаружи...

Роб просидел в комнате на чердаке уже довольно долго; как внезапно, он стал вспоминать, и тут же целиком погрузился в мысли... Тут мысли, как снегом навалились на него: во-время чего, Роберт стал вспоминать, что учительница, в школе, сообщила утром классу. Роб по-своей натуре - наивен, и - не осознаёт, что его могут слышать, как он говорит сам с собой:- Что мне теперь делать? Отец с нами больше не живёт? И, кто мне сейчас поможет, - подготовиться к контрольной? Спорю, что завтра я завалю те экзамены...?- Внезапно, Роберт услышал плопанье крыльями, исходящее откуда-то сверху, видимо от шумного полёта птиц, или просто, какие-то птицы залетели сюда.

Откуда ни возьмись, вокруг слышен резонанс от звуков одной птицы, это был плач вороны:- Кар! Кар! Кар!- Подняв голову вверх, Роберт заметил, что-то вроде вороны, чьи глаза - зелёные, а, птица пристально смотрела на него, сверху. И, ворона ещё, как бы сердечно ему улыбалась, понимая, какие мысли нёс в себе - юноша. Следом эта птица, стала снижаться, наискось. И, в это время, подросток крикнул, будто был охвачен паникой:- Ох!- На это ворона, каркнула, будто задумалась, но в тоже время, парень ей понравился. В тоже время, птица слетела вниз, приземлившись, быстро на окне; можно обозреть, как ворона используя когти, пыталась зацепиться ними за гладкую поверхность подоконника, ища - проём. Вначале юноша, с боязнью, воскликнул:- Птица? Так это же - ворона! Тьфу! Кышь, пернатая! Этого, как раз мне - сейчас нехватало! Убирайся к чёрту, откуда ты взялась? Моя жизнь и без того кошмарный сон, паскудная ворона!- А, вот ворона - наоборот, отреагировала карканьем:- Кар! Кар! Кар!- И, хотя Роберт пытался спугнуть птицу, размахивая, при этом руками, но, это вовсе несработало: птица как ни бывало, всё сидела на подоконнике. Привлекало внимание, что цвет глаз у вороны - с болотно-желтоватым нюансом; при этом птица пристально уставилось на юношу, прибывавший, в страхе. Роб повернул голову, при этом его плечи дрожали, и, без сомнения он - заинтригован происходящим. На что, он усмехнулся:- Ах, ты проклятая птица, ты не ворона? Кышь! Да, лети ты, к чёртовой матери, ах ты, паршивка! Убирайся вон! И, оставь меня, в покое!- Но, ворона на это, каркнула:- Кар! Кар! Кар!- А, на чердаке смутно, минус ещё то, что окно запотело, из-за этого, Роберту трудно что-либо увидеть. Прищурясь, он стал разглядывать ворону, что оказалась - сорокой. Юноша смог разглядеть её по особи, это была сорока-ворона, поскольку на кончиках её перьев проглядывались, белые линии. Но, всё вместе - сконфузило Роба:- Ладно! И, никаких игр, сегодня? Кышь! Ведь завтра я должен сдавать экзамен в школе! По-этому, я счас в хреновом настроении!- Хотя Роб усмехнулся, но, в один момент он стал жесток:- А, твой вороний глаз, и острый взгляд может ощутить падаль везде, не так ли? А, ты случаем неголодна, эй, ты ворона?- На что сорока каркнула, при чём издаваемое ею эхо, отдавалось, по-всему пустому пространству:- Кар! Кар! Кар!-

Вскоре, Роб нашёл объедки пищи, что принёс сюда раньше. Он, затем поставил консервную банку вниз на пол, и - сорока, без промедления взлетев, приземлилась, прямо на пол, где она, уцепившись своими птичьими когтями, быстро принялась клевать эту пищу. Тогда, Робби подшутил, само-довольно:- По-крайней мере, хоть кто-то остался довольным? Если бы у меня были крылья, как у птицы я бы полетел, и подобрал, где-нибудь, шпаргалки? А, то завтра, я наверняка, провалю свои экзамены?- Внезапно, сорока стала порхать, взметая широко крыльями и, при всём, послышался шум, от биения ними. Сорока тут же взлетела, покружилась пару раз под потолком; а, затем улетела, во-свояси через форточку.

В это время суток, в Детроите наступил рассвет. Где-то, в другой части города открывается вид на склад чем-то похожий - на металический гараж. Там внутри, полу-пустое помещение, где перед нами предстают: два юноши, углублённо пишущих шпаргалки на длинном листке бумаги. Один из них - Мартин МекДёрмотт лидер; а, напротив него сидит его друг - Джёна Ван дер Борг, который - такого же возраста, как и - первый.

Вдруг, в один момент, дверь распахнулась, и во-внутрь начал дуть порывистый ветер, при этом оконную раму, раскачивало; следом окно - широко распахнулось. Откуда ни возьмись, сюда залетела сорока, создавая шум и гам; следом, послышалось карканье:- Кар! Кар! Кар!- Видно, что юноши напуганны; во-время чего, поднявшись со стульев, они стали двигаться ближе к двери. Как раз в тот миг, когда птица облетев вокруг потолка, стала снижаться. Видно, как сорока приземлилась там, цепляется когтями поверхности стола,где эти школьники, сидели, до того. Как, вдруг сорока открыв пасть, стала клювом подбирать шпаргалок как, будто собралась их съесть. Там, без остановки, сорока енергично, подхватив исписанные листки, сразу вложивала их во-внутрь своей пасти, используя при этом, клюв. После, как работа завершенна, птица без промедления стала хлопать крыльями, широко размахивая ими, вновь создавая шум и гам на месте:- Кар! Кар! Кар!- Затем сорока, взмахнув крыльями, выпорхнула в раскрытое окно, и, живо улетела - кто знает куда?

После исчезновения вороны, школьники выглядели в шоке и - дрожали; было заметно, что оба застыли на месте, от того, что произошло минуту назад. Лишь сейчас Мартин заговорил, обращаясь к другу, Ван дер Боргу, где слышно, как его голос дрожал:- Джёна, ты хоть имеешь малейшее представление, что здесь, произошло?- Но, Джёна, покачал головой вверх и вниз, на это; он всё ещё был напуган:- Не совсем. Я чуть не наложил в штаны, когда увидел ворону влетевшую сюда?- Эти подростки, посмотрев друг-на-друга, пребывали в панике. Но, Джёна сообщил тому: - Я незнаю, как эта чёртова ворона сюда - могла залеть? Но, настоение у Мартина, прямо таки гневное: - Послушай, какого чёрта мне надо знать о какой то паршивой - вороне? Сейчас нам с тобой нужно волноваться за экзамены! Ты не знаешь, или кто-то имеет шпаргалки?- Джёна, не теряя времени, направился к выходу, повествуя обо всём Мартину:- Я знаю одного: у него были шпаргалки пару лет назад? А, в это время, он приблизился к Мартину, и, прошептал прямо ему в ухо:- Мартин, да ты, не волнуйся! Я позвоню Кунцу, он - в одинадцатом классе, и, попрошу его принести листы. Ты, как думаешь, они у него есть?- А, Мартин выглядел интригующим: - Думаю, что да. А, ты давай, беги и, сделай всё побыстрее...-

Тем временем, Роберт идёт по улице, ступает сквозь снежные сугробы, и, торопится в школу, во-время сильного снегопада. Перед тем, как подняться к главному входу, и, зайти в здание;, вдруг, у порога летит птица над его головой, и, сбросила вниз, исписанные листки. Это - сорока, что пролетала мимо, и, что минуту назад сбросила бумажки. После того, как сорока скинула листы сверху на голову юноше; он стал ухмылялся от привалившей удачи; и, заговорил к самому себе:- Как же мне - повезло, то! Сейчас я знаю, что уже смогу сдать экзамен?- Уже будучи в классе, Роберт сидел, рядом с девушкой, при этом что-то писал в блокноте. Тут он целиком погрузился в, экзаменационную работу, читая... В помещении слышны голоса, беседующие тихо, здесь, ещё попала в поле зрения учительница, объясняющая ученикам, что-то. Это - мисс Хёстлер, объявляет в дополнение:- Сейчас, я позволяю классу заполнить экзаменационные листы! Время пошло - на отсчёт!- Вследствие этого, учащиеся целиком погружённы, и пишут за столами, или читают материал по-предмету, но каждый из них - по-разному, при этом все они, сидят, неподвижно.

Прошло целых двадцать минут, видно, как по-среди классной комнаты, учащиеся пишут разные глупости, что они делали на уроках, или другое. Сидя углублённо Роб подглядывает в шпаргалки и, списывает, тем самым, отвечая на вопросы экзаменов. Стоя в резерве, посреди комнаты, Хёстлер внимательно следит за прогрессом учащихся, а те - сосредоточенно… Тем временем, учительница подошла близко к столу, где Роб сидел и, который неслышал, её шагов. Склонившись над ним, она импульсивно сжала Роберту руку, и тут подняла её вверх; в другой руке держала шпаргалки, развивающиеся, в воздухе. Далее произошло: что Хёстлер публично заявила:- Липинский, ты что, чёрт возьми, делаешь? Кто дал тебе право, списывать на экзамене?- Роб выглядел частично - испуган, а частично - расстерян, видно: его плечи дрожат, когда он отреагировал:- Мисс Хёстлер, пожалуйста позвольте мне всё объяснить?- Но учительница остановила его, она тут отвернулась; и - приказала:- Замолчи, Липинский!- Хёстлер сняла очки, и стала протирать в них линзы, заодно давая понять всем, чтобы те, молчали. Следом, повернулась кругом - лицом к классу, она берёт ситуацию в свои руки, при чём используя ошибку Роба, как пример, она глядела ему в глаза, и - закричала:- Все слушают, внимательно! Кто ещё принёс шпаргалки? Так как, если вы, да принесли? Подобно ему, вы расплатитесь за это - сполна! Сейчас продолжайте, дальше экзамен...-, теперь видно, что Хёстлер сердита, когда повернувшись к Робу, по-сему она имеет к нему дело:- А, ты Липинский, иди со мной!- А, когда, Хёстлер вышла из комнаты, Роб последовал за ней, при этом, он чувствовал себя опозоренным, и - в панике. В момент, когда Хёстлер прикрыла за собой дверь, она затем, захватив, сжала руку Робу, дав ему приказ:- Липинский, иди в комнату, для наказуемых! А, там дождись Завуча, чтобы он занялся твоим делом, лично! И - незабудь привести своих родителей, чтобы они присутствовали? А, сейчас пошёл...-

Роб частично испуган, а, частью - расстерян, заметно: как его плечи нервно вздрагивали. Как только Роберт нашёл путь, и стал быстро продвигаться сквозь ряды висящей одежды, среди которых: верхняя, включающая пальто и куртки, тут как мужская так же и женская, висит на вешалке. Роберт убегал, спасаясь от погони, так как его преследовали пару учащихся, среди них были замеченны: Мартин и Джёна.

Наконец-то, Роберт нашёл местечко, где он мог прятаться, и, - затеряться, между рядами сотни вещей. Однако юноши каким-то образом, смогли его там найти. Они, стали вытаскивать Роберта оттуда; и тогда, он выкрутив себе руку, пытался освободиться, от сжимавших его жестоко, рук парней. Мартин предстал тут, взвиченным:- Эй, ты Роб -ублюдок, как наши шпаргалки, оказались у тебя?- Роб же - в панике, слышно, как его голос дрожал:- Я нашёл их на улице...- Но тут Мартин перебил его, и, сам заявил злобно:- Ты думаешь, мы - идиоты? Эти бумажки сами не могли бегать по-улицам?- Роб упал духом, и, ответив:- Нет, конечно! Но, я незнаю, ребята?...- Несмотря на сопротивление Роба, и его крики о помощи, те подростки схватили его за воротник, и грубо держали, и вместе тащили его в сторону, конца ряда. Видно, как Роберт, набрашись злости, зацепился за один из крючков:- Отпустите меня...? - Но, в этой разборке, рано или поздно, он проигрывает драку... Находясь в сложной ситуации, он стал убегать от этих ребят, которые до того хватали его за горло...

Вскоре дверь учительской открылась, и, на пороге появился Хюго. Он сразу побежал в сторону ребят, которые дрались и, готовы перегрыздь друг-другу глотки. Он тут моментально, вмешался в драку, и в тот же время, прикрыл Роберта своей мощной грудью, пытаясь защить юношу от побоев, и, при этом он закричал озабоченно:- Эй! Эй! Ребята, хватит! В чём здесь проблема?- Но здесь, Мартин ответил:- Он - идиот, и, вор...!- Однако Роберт остановил его, будучи расстроенным, да ещё - оскроблённым:- Я - не вор! Я ничего, ни у кого не украл!- Тут, вновь дыхание Роберта усилилось; будучи на грани срыва, он заявляет:- Когда мой папа прийдёт в школу, он вам всем...- Роб держит руки, показывая им свои мышцы:-...Хорошенько даст!- На этот раз, Моралэс останавливает его, сказав строго: - Хватит, вам уже драться! Позвольте дать вам совет: если вы всех хотите, чтобы вас всех удалили со школы, тогда идите и - продолжайте, вашу глупую драку?- Все застыли в растерянности. Тогда Мартин, ответил:- Добро!- Затем, повернушись лицом к Робу, он заговорил с иронией: - Робик-бобик тебе повезло в этот раз, но в другой - тебе такая лафа непривалит...- Но, его сразу перебил, Моралэс, дав всем совет психолога:- МекДёрмотт, и - ты Джёна, убирайтесь вон! Пока я не изменил мнение, и - не доложил на вас, Директору?-

Вследствие этого, юноши-хулиганы стали медленно уходить. До того, как выйти из главного входа, Мартин задержался, и - повернувшись лицом к Роберту, он зажал в своей руке кулак, предназначавшийся, тому.

После ухода ребята: Роберт и Хюго продолжали смотреть в сторону, выхода. Хюго, подсказал:- Липинский, не обращай внимание на них! Теперь, скажи, на что намекал, МекДёрмотт говоря, будто бы ты кое-что, украл?- Роберт опустил голову, чувствуя себя обиженным, и, в тоже время, опозоренным:- Он говорил о шпаргалках. Меня поймала мисс Хёстлер, во-время экзамена по физике. Но, я их не крал!- Тут Моралэс вздохнул, и в тоже время он - поражён услышанным:- Роб, я не ожидал, что ты будешь списывать на экзаменах? И, где ты только раздобыл те шпаргалки?- Роб, в это время, тяжело дышал, и, посмотрев ему в глаза:- Утром, когда я шёл в школу, ворона пролетала мимо, и сбросила их, тогда листы и упали мне на голову.- Помолчав; Роб, следом добавил:- Мистер, Моралэс, не смотрите на меня так, будто я идиот? Я говорю, чистую правда! Мистер Моралэс, клянусь!- Хюго глубоко вздохнув, и, покачал плечами, и он, поражён:- Роб, всё это звучит странно? А, в моей практике, я уже не знаю, чему можно верить? Скажи мне правду, и объясни свою сторону защиты?- Видно, что Роб расстроен, чуть не плачет:- Сэр, понимаете, мои родители расстались. Отец нас бросил. Теперь родители - в процессе развода. Но, я этого не хочу! Я хочу, чтоб мой папа жил всегда с нами!- Моралэс, заговорил более мягким тоном:- Я знаю: ты расстроен, только Роб непринимай всё так близко к сердцу?

Сейчас я понял, почему ты проваливаешь предметы? Сегодня тебе неповезло, иногда такое случается со всеми нами! - Вот тогда и Роб спросил:- Мистер Моралэс, вы тоже разводитесь?- Теперь Хюго смущён:- Липинский, что ты имел ввиду? А ну-ка, давай, объяснись?- Роб - бесхитростый, и оправдался:- Простите, мистер Моралэс, я не хотел вас спрашивать?- Тут, он улыбнулся, погладив парня по-голове:- Ты не волнуйся ни о чём, Роб!-

Сейчас Хюго сменил тему, говоря с оптимизмом:- Знаешь Роб, какое-то время назад ты здорово стругал по-дереву и - на станке справлялся!- Роб удивлённо поднял голову, повеселев. Он смотрел на него, и был доволен:- Вы так считаете, мистер - Моралэс?- Хюго в свою очередь улыбаясь, подмигнув Робу:- Без сомнения! А ещё, после школы, у нас в мастерской, я даю уроки тем, кто пожелает обучаться профессии в этой области?- Теперь Роб задумался, а, после суммируя всё, произнёс, громко:- Честно говоря, я негорю желанием, быть столяром, но это может пригодиться?- Моралэс тут кивнул:- Конечно! Почему бы тебе не прийти, Роб?- Роберт объяснил грустно:- Я

бы хотел, но боюсь, что когда мама узнает, она меня

накажет!- Моралэс, приободрил его:- Ты не переживай

об этом, я сам поговорю с твоей мамой...-

Глава 4

Прошло, более трёх месяцев. Это время года выпадает на весну: и, здесь предстаёт чудный день, после полудня; когда занятия в школах уже завершенны. Где-то там, доносилось звучание музыкальных инструментов.

Вдруг, издали виден идущий Роберт, проходящий мимо поле, и, неся на своей спине гитару, что одето - в чехол. Он открыл входную дверь, и, вошёл в здание склада, где сразу замечает молодёжный ансамбль, который репетировал здесь и сейчас.

Роберту несразу дошло, лишь, когда он посмотрел в зеркало, где увидел несколько своих одноклассников среди других, они курили марихуану, или подобную дрянь. Теперь, Роб ощутил сильный запах дыма, присутствовавший в помещении; где его сразу поразило: и, он застыл тут же на месте; кроме того, он опустил голову вниз. МекДёрмотт в этот миг, тоже уставился, зациклив взгляд на Роба. Следом, произошло: Мартин остановил ансамбль, что выступал. И, тогда, Мартин закричал:- Ей, ребята, стойте! Кончайте!- Он, тут же, показал рукой, будто перерезает горло. Повернувшись лицом к Робу, лицо Мартина сменилось - на иронию. Дальше, он сказал цинично:- Ребята, смотрите, что я нашёл? Какого чёрта тебе здесь надо Роб?- Роберта задело, и он ответил, в страхе:- Ходят слухи, что организовывается рок- группа? И, мне намекнули прийти сюда, чтобы войти в состав вашего ансамбля...- Но, его тут же перебил Джёна, ответив: - А, если даже и так, тебе какое до этого дело, придурак?- Но, Роб ответил вежливо, горя желанием:- Ребята, я тоже играю на гитаре уже год! Я думаю, что я и вы - могли бы играть вместе, как пор-группа, с огромной перспективой...- Но его прервал Мартин, встав, с сидения, и, раздражённый:- Кого к чёрту -волнует, или ты играешь на гитаре, или нет? А, может ты за нами, следишь?- Услышав обвинения в свою сторону, Роберт испугался, и, сразу повернулся в сторону двери, уже готовый бежать, отсюда вон. Но Джёна и другой парень прыгнули впереди Роберта, готовые оттаковать его, и ещё - пересечь ему путь, к выходу. Эти двое толкнули его в сторону и, Роб от удара упал на каменный пол. Сильный толчок! Его ударили! Потом, ещё - удар кулаком! Ой! Дальше случилось то, что Мартин сорвав у Роберта с плеча чехол, с висящей гитарой, и с размаху бросил инструмент вниз, и, там он стал бить гитару сильно о пол. Видно, что гитара разбилась на-двое, лежала там. Вследствие этого, Роб выглядел испуганным:- Остановитесь! Почему вы хотите разбить мою гитару? Это был подарок от моего отца!- Однако Джёна толнул Роба в плечё, в то время, как последний пытался, доползти к выходу. И, в это же время, другой юноша подбежал, тогда, как - остальные, тоже движутся сюда.

Захватив руку Роберта, они оба стали выкручивать ему плечо, назад. Они избивали его, а, другой юноша, переградил путь Роберту, сказав ехидно:- Куда ты собрался?- Сейчас Мартин - циничен:- Ты раньше играл на гитаре? А сейчас - нет, козёл!- Он перебил ставшего говорить, Роберта, и, добавил с иронией:- Ты, придурок, плевать я хотел на твою гитару! Я уверен, что ты видел, как мы курили товар? Если ты пришёл, чтоб следить за нами и кому-то настучишь...- Но, Роб, прервал его на мысли, хотя он и напуган:- Ребята, нет! Я не скажу ни душе! Я не видел, что вы курили? Ребята это не моё дело, так или иначе! Кто делает что, и - днём, или где-либо?- Видно, как Джёна повернувшись к двери, там, где стоят Кунц, подойдя к нему, он указал:- Кунц, открой окно? Пусть дым выветриться, и, исчезнет наружу? Сделай это?- Мартин сжал кулаки, показывая этим своё превосходство; при чём: скрепя зубами, в бешенстве:- Ах ты, ёбаный козёл! Ты да, видел нас курить - марихуану? Не так ли, Роб?- В страхе, Роберт прервал его, когда ответил, дрожащим голосом:- Нет! Я пришёл сюда, чтобы вступить в вашу рок-группу! Ребята, я говорю правду!-

Теперь Мартин, повернувшись лицом к тем, выглядел злобно:- Ребята, я не верю этому идиоту? Если мы его отпустим, то он сразу же отроет свой рот, и - настучит, сдаст нас с потрахами! Хлопцы, давайте покажем ему то, о чём он должен забыть? Взять, его!- В тот же миг, Мартин прыгнул сверху на Роберта и, импульсивно стал избивать его. Тогда, как остальные ребята последовали за ним, избивая, слабого Робби. Удар! Бьют! Один из них, наносит ему второй сильный удар! Ой, ёй! Но, Роб пытается противостоять банде, когда прикрываясь, он сдерживает их атаку. В безумии Мартин, злобно заявляет:- Роб ты козёл! Я тебе покажу, как красть бумаги!- Роб, испуган, и оскраблён:- Я их не крал! Клянусь!- Мартин же в гневе, дал глазами намёк, ребятам:- Роб, если ты кому-либо скажешь, что видел здесь, иначе мы превратим твою жизнь в Ад, как мы сделали с инструментом!-

В тот же миг, Роберт стал звать на помощь, крича - во-всё горло:- Отпустите, меня! Помогите! На помощь!- Но, ребята продолжали бить его, лежащего на полу. Мартин же, отдавал приказы, и, в конечном счёте, он сам стал выкручивать, ему руку.

Откуда ни возьмись, близко послышалось карканье; и, вдруг в помещение залетела птица, через окно. Это была - сорока, залетела сюда, которая стала приземляться, и, неожиданно, птица стрелой, понеслась на банду. Сорока приземлилась следом, на голову Мартина, распустив крылья, она при этом, прикрыла его. Птица вдруг, спонтанно клюнула своим острым клювом, прямо в глаз Мартину. Юноша вновь ощутил резкий удар от клюва птицы, когда та откинув головку назад, что пришёлся парню прямо в лоб, затем - в челюсть, а, следом - по губе. По-сему, Мартин кричал от шока и - боли:- Ой! Ребята, помогите! Уберите к чёрту, эту ёбаную ворону от меня! Ой, ей! Мне больно! Помогите, кто-нибудь!- Мартин тогда, стал отходить всторону. Видно, как в банде, к этому времени, прекратили аттаковать Роба, и они, застыли на месте, воздерживаясь, при чём, боясь приблизиться к птице. Мартин в это время, прикрыл ранненый глаз одной рукой, а второй - пытался отогнать от себя ворону. Мартин кричал, и, в тоже время, размахивая руками:- Ах, ты паршивая ворона, я убью тебя! Кышь! Ребята, хватайте эту чёртову птицу? Прибейте, эту ёбаную ворону! Подойдите поближе к птице, и - прыгайте, а, там хватайте её, за хвост!- Но это - нелегко сделать, так как сорока, расправив крылья, стала хлопать ними, затем взлетев, птица наделала там хаос. Другие члены банды стояли напуганные, при виде раненного Мартина, чьё состояние, заметно ухудшилось. По-этому, они стали прыгать, да бы поймать ворону, хотя видно, что птица летала вокруг потолка. Роберт, при этом, поднялся на ноги, и, увидел возможность продвигаться к выходу. Перед тем, как выскочить за дверь, Роберт стал размахивать руками, дав предупреждение птице, он свистнув, и, сказал:- Гейл, улетай! Побыстрее...-

Выскочив за ворота, Роберт бежал по улице. Он пробежал около 150 ярдов, без остановки, и - миновал дворик Мартина. Через десять минут, он наконец остановился только, чтобы перевести дыхание, и, был в приподнятом настроении. И, всё же, он загрустил, вспоминая, как ребята его часто обижали. Прийдя в себя, Роб улыбнулся, и заговорил сам к себе:- Эти ребята причиняли меня боль! Но, если бы не сорока, даже незнаю, что бы произошло со мной, там? Эта птица - мой спаситель!- Роб вновь ещё немного подумав; улыбнулся, как будто его что-то осенило:- Да! Я буду звать сороку, Гейл! Всё благодаря моей подруге сороке, что залетела туда: в нужное место, и в - нужный час!-

Со временем, можно было наблюдать, как за городом, Роб весело бегает, пытаясь поравняться, с летящей сорокой, по-кличке Гейл, что пролетала, кружась вокруг широкого поля. Роберт, подняв голову вверх, закричал от радости:- Подожди, меня, Гейл!- Гейл, в свою очередь, ответила:- Кар! Кар! Кар!-

Часто видно, как сорока, пролетая мимо Роберта, стала неожиданно снижаться, и - опустилась на ветвь дерева, сидя, выше, над юношей. Роб, пытаясь приручить птицу, показал ей на плечо:- Гейл, лети вниз? И, приземлись, мне - на плечо? Гейл, ты, поняла, что я сказал...?- Роберт ещё даже неуспел закончить припев, он увидел: как сорока снижалась, летя прямо на него, следом она приземлилась, ему на плечо.

Глава 5

Прошло около года. Робу исполняется - шестнадцать лет. Он сидит на софе, и читает книгу. Здесь все улицы покрыты толстым слоем снега, где чувствуется: ветрянная погода. Несмотря, на непогоду - это великолепный, солнечный День.

В фое школы, на главном стенде замечен висящий плакат, где сообщается о предстоящей встрече Рождества и - Нового Года, где во-время празднования, будет - весёлый карнавал... Там же, недалеко в стороне, стоит Роберт, в то время как Розалин и Питер, беседуют с учительницей мисс Хёстлер; которая нелестно отзывалась, об учёбе Роба:- Простите, но у вашего сына - настырный характер! В связи с этим, я вам - рекомендую, поместить Роберта, в спец-школу: для трудных подростков, где ему помогут...- Но, Розалин перебила её, тем самым, недав ей досказать:- Что вы, говорите? Мой сын - в отличной физической форме, и, он, здоров - психически!- Но женщина-учитель, заговорила вновь:- Насчёт недостойного поведения вашего сына, скажу вот к примеру: недавно он украл шпаргалки, и, использовал их, чтобы списывать на экзамене? Что делать, с этим?- Тогда в разговор вмешался Роб, похоже, что он - опозорен:- Мама, я же тебе объяснял, что я не крал те шпаргалки?- Следом, Розалин повернулась, и, посмотрела на Питера, она сразу же расстроилась, когда стала его обвинять:- Питер, это ты во всём виноват? Если бы ты нас не бросил, из-за курвы, этого бы не случилось с Робертом...- Но Питер, не чувствал за собой грехов, отреагировав:- Рози - это не место и - не время, чтобы выносила мусор из избы?...-

Неожиданно к этому квартету стал приближаться Хюго, где он заметил, что Розалин готова расплакаться, от волнений. В тот момент он, перебил мисс Хёстлер:- Извините, что здесь - происходит, мисс Хёстлер? Почему господа расстроенны?- Он, следом, показал рукой на Роберта. Когда повернувшись назад, он указал в сторону - Розалин...

Только Питер ушёл, Хюго стал уделять внимание Розалин, несмотря на конфуз:- Госпожа Липинская, вы, не волнуйтесь насчёт Роберта. Я могу вас заверить, ваш сын - порядочный и талантливый парень!- Хотя, она и выглядела расстроенной, но всё-таки подняла голову вверх:- Спасибо, вам. А, вы тоже преподаёте у Роберта?- Хюго, зашатал головой тем самым - взнак согласия. В таком случае, она успокоилась:- Как вас зовут?- Повеселев, он смотрел на неё:- Меня зовут Хюго, а, вы помните меня? А, можно я буду звать вас,Рози?- Она улыбнулась:- Да, можно. О, да, я вспоминаю...-, прервав её, он вздохнул, и, спросил:- Рози, могу я пригласить вас в кафе?-

Прошло ещё какое-то время. В гостинной видно, как Роб сидит за столом, и - делает школьное домашнее задание. По- другую сторону комнаты, на диване сидит его младшая сестра - Сэра-Джейн, которая читает книгу.

Внезапно входная дверь открылась, и на пороге появляется, Розалин, а вслед за ней - тащится, Хюго Моралэс. Когда дети, повернули голову к двери, и увидели картину, они сразу - замолкли. Их мать, наоборот, пребывала в радости, и, без промедлений, сообщает детям:- Дети, надеюсь,что вы не будете возражать: я пригласила мистера Моралэса встретить с нами Рождество? И он проведёт вместе с нами Новый Год?- Сидя на месте, дети посмотрели друг-на-друга и - продолжали пребывать, в сконфуженном состоянии.

Глава 6

Прошло менее года. В этот городок пришла Весна, и видно, как солнце там освещает, своими чарующими лучами. Роб к этому времени, уже подорос, ему - шестнадцати лет, он сидит в гостинной комнате, на софе, и читает книгу. Вдруг, открывается входная дверь и, на пороге предстаёт, входящая Розалин, держа за руку Хюго. Заметно, что эти двое чем-то, озабоченны. Следом, начался разговор между ними, когда Розалин, спросила:- Хюго, ты можешь дать мне совет, - что делать?- Хюго посмотрел на неё с грустью:- Рози, если б я только мог?- Но, вытерев слёзы с лица, она заявила:- Где я смогу достать такую сумму, чтобы вернуть Банку, просрочку?- Услышав такое, Роб впал в отчаянность.

И, тогда он поднимает вопрос:- Мама, а что, если я позвоню папе, может он нам поможет?- Тут, повернувшись Розалин, глянула на сына:- Я так недумаю, сынок. Твой отец, лучше потратит Деньги на эту курву, Татьяну, чем поможет нам? Я могу поспорить, что он сам кому-то задолжал?-

Вечером того же дня, зазвонил телефон, в квартире Питера: Дзинь! Встав со своего места Питер, ползёт медленно, чтоб ответить на звонок. Сняв трубку, он спросил:- Алло! Говорит Питер?- В то время, как он говорит в трубку, Роберт тяжело дышит в аппарат, стоя в телефонной будке. Следом, мужской голос в телефон:- Алло? Кто там?- Зато, Роб смело начал говорить:- Папа, привет! Это я Роб?- Роберт разговаривая и, горит от желания, задыхаясь. Здесь, Питер, ответил:- Привет, сынок!- Следом, заговорил Роберт:- Я рад, что застал тебя, так как я звонил раньше...-, но его остановил Питер, который внимая, слушал на связи; а, его голос - безразличен в трубку:- Добро, сынок! Мне нужно тебе кое-что сообщить!

Помнишь, я обещал когда-то, отвезти тебя и Сэру на тот пляж, в Мексику?- Роб же, слушал внимательно каждое его слово, он затем, прервав его, заговорил в будке:- Да, Сэра и я, давно ждём эту поездку. Так, когда, мы туда поедем?- Теперь Питер, лениво слушает на линии связи; тут он осторожно говорит, хотя голос его выдал:- Послушай сынок, у меня произошли изменения, в планах? По-этому, нам троим пока прийдётся отложить поездку? Но, я обещаю, что втроём мы, поедем на пляж, в другой раз?- Тут лицо Роберта, сразу же изменилось, став - бледным, блеск из глаз исчезнул, когда он слушал ответ отца. Он, тут ему ответил сам, и был грустным:- Нет? Значит мы никуда не поедем, почему же?- На линии связи слышно, как Питер вздохнул. Роб, следом заговорил весёлым тоном:- Папа, я не звоню за этим, а потому, что нам нужна твоя помощь? Ты, помнишь, что мы выплачиваем ссуду в Банке, за наш дом?- Интонация его голоса - с горечью:- Да.- Роб, здесь дополняет:- Сейчас Банк распорядился, чтобы мы срочно оплатили, долг! А если, нет, то Банк отберёт наш дом, и мы - окажемся жить, на улице?- Теперь Питер слушает; затем вдохнув через нос, он жалобно сообщает:- Я знаю об этом, сынок! Но, у меня своих проблем много, и, я немогу с ними справиться! Только ничего не говори об этом, Сэре-Джейн? Поверь сынок, если бы я мог, то я бы вам помог?- Питер запыхался. Роб между тем слушал, что отец говорил, и он ответил, в порыве злости:- Знаешь, папа Сэре и мне - тошнит от твоих обещаний! Отец, ты вечно даёшь обещания, но каждый раз одно и тоже, и, нам обоим противны - твои ложные обещания...!-

С наступлением темноты, Роб приближается к комнате, где была спальня матери и отца. Когда, он открыл входную дверь: ему открылся вид: застав Розалин вневедома, где она голая, лежала в постели, вместе с Хюго, и они оба - обнажённые. Видя это зрелище, Роберт рассердился, и, в результате стал убегать из спальни, без промедления. Розалин почувствовала себя опозоренной, из-за того, что здесь случилось. По-этому, спрыгнув с кровати, и, накинув халат, она побежала вслед за сыном, закричав ему вслед:- Сынок, пожалуйста, подожди? Позволь мне, всё объяснить?- Но отзвуки её голоса, остались воздухе - за стеной. Тогда, как Роб выскочив из комнаты, и - закрыл за собой дверь, с громким стуком. Прошло ещё пару часов со времени, как в семье, возникли проблемы. Снаружи чердака, у входа виден висящий плакат: 'Посторонним, вход воспрещён!'

Чуть позже, заметно, как грубые руки Хюго открыли люк, и он пробирается, во-внутрь: Роб разоблачён, на месте. Используя тактику, Хюго схватил Роберта за ворот, он стал вытаскивать юношу, с места, где тот нашёл приют; слышно его голос, когда он воздействует:- Какого чёрта ты торчишь, на чердаке? Разве ты нечувствуешь, что в своей комнате удобнее? Ответь?- Но, подросток, подчёркивает:- Мистер, Моралэс, тут я играю с голубями! Пение птиц помогает мне мечтать! Здесь, я вижу мир с его великолепием! А, из окна я могу видеть Великие Озёра, и много-чего другого! Но, вы здесь потревожили мою подругу, сороку, кому я часто ношу поесть.- Видно, что Хюго

- встревожен:- Роб, твоя мама сказала мне, что ты перестал учиться? Ты всё свободное время проводишь на чердаке, и, прячешься там, вместо того, чтобы помочь матери и сестре?- Но, Роб отреагировал на это, цинично:- Знаете, что учитель, вы - не мой папа! И, не указывайте мне, что я должен, или не должен делать? Мистер Моралэс, с тех пор, как поселились у нас, но кто дал вам право, спать с моей мамой?- Услышав, эти оскорбительные слова и действия от Роба, он разволновался. Тогда Хюго решает разобраться со своим приёмным сыном, при этом он стал тащить парня, поближе к двери. В панике, Хюго заявляет:- Знаешь, ты неблагодарный, малый ублюдок! Разве ты ещё непонял, что Сэра-Джейн и ты, мне - дороже всех на свете? Будто, вы мои родные дети? И, я люблю Розалин - разве это не прекрасно?-

Глава 7

На улице городка, Детроита великолепный День! Тут, в Банке видно: кассир считает деньги. Сначала, она сворачивает банкноты, в пачку. Она тут же, складывает стопки по-одной, на полку. Здесь, есть и другая кассирша, которая сидит внутри за стеклом, и занимается тем, что выписывает Банковские чеки. Внезапно послышался звонок телефона, где менэнжер Банка, сразу же подбежал, чтобы ответить. Так как, в Банке двери открываются электронно, когда тут, на пороге появляются Роберт и Розалин, входящие, во-внутрь. Следом мать и сын занимают очередь, существующая там.

Десять минут спустя, электронные двери вновь раздвинулись и, туда вваливаются новые клиенты. Заметно, что сзади влетела сюда ворона, следовавшая за людьми. Птица полетела прямо к кассиру, где заметно: помимо других служащих та держала в руках, и, считала деньги. Приземлившись на прилавок, ворона сразу всунула свою маленькую головку, внутрь окошка. Затем, открыв и используя свой клюв, птица пыталась вырвать из рук кассирши эти деньги. Это - невероятно, но кассирша, на ходу пытается забрать руку - от костянного клюва, вороны. Однако ворона стала хлопать крыльями, да бы испугать женщину-кассира:- Кар! Кар! Кар!-

Кассирша с сидящими рядом работниками, застыли на месте, будто - заворожённые. Следом, кассирша отпустила ту пачку денег, вылупившись на сороку. Тогда, как птица вырвав срочно пачку с деньгами из её рук, ипользуя клюв; захлопала крыльями; затем - вспорхнув вверх, птица полетела к выходу.

А Роб, тут продвигался к выходу; где сорока, к этому времени, порхала, и, как только двери электронно раздвинулись, птица вылетела вон, при этом зажимая в своём клюве, пачку денег.

А, в это время, клиенты, нетерпеливо ожидали своей очереди; кроме того, все видели это представление; и, сейчас они уже подошли ближе к защитному стеклу, заметно, как другие люди пытаются им помешать. Возникает хаос, где полный мужик, хватает другого, за руку; ну, а женщины спорятся во-всю, друг-с-другом:- Это не ваша очередь...?- Следом, слышно: второй клиент, орёт:- Мы стоим в очереди давно!- А, третий клиент закричал:- Мы тоже! Также, и другие покупатели, здесь!- Заметно, что возникла ситуация из рук вон выходящая, в этом Банке. Вскоре мененжер Банка вышел из подсобки, дабы объявить, всем через микрофон:- Дамы и Господа! Руководство Банка и я, лично сожалеем, из-за случившегося! А, сейчас прошу всех, освободить здание Банка! Проходите вон туда, пожалуйста...- Видно, что Розалин и Роб

- предпоследние в очереди, когда она дала ему знак, следовать к выходу:- Сын я сомневаюсь, что у нас всё получится? Давай лучше, пойдём на улицу!- Роб махнул головой, дав на это своё согласие.

Все последние десять минут, Робби шагал рядом с Розалин, когда крайняя, вдруг объясняет; она выглядела – на взводе, когда говорит об этом:- Сынок, я – беспомощна, и не знаю, что мне делать дальше, и, как оплатить задолженность?- А, в это время, Роб и его мать, свернули на узкую улочку...

Вдруг, откуда ни возьмись, над ними пролетев ворона, стала хлопать крыльями. Ворона закаркала:- Кар! Кар! Кар!- Затем, птица сбросила пачку вниз, на землю, недалеко от места, где стояли эти двое, это - уже хорошо. Сразу было видно, пачку денег лежащей сверху, на мусорном ящике. В тот же момент, как птица полетела дальше, Роберт подбежал к тому месту, и наклонился, чтобы поднять свёток. Но, Розалин напуганна:- Роберт, не поднимай это!- Но, подросток пожал плечами, был несогласен:- Почему нет, мама?- А, в это время, Розалин повернулась, чтобы посмореть вокруг, и, заметна - её тревога. Её вид, как будто она замерла, в панике:- Сынок, а что, если кто-то, или полиция нас тоже видели?- Теперь Роб, оглянулся, посмотрел вокруг; указав глазами на пачку, и - утвердительно говорит:- Мама, посмотри! Здесь нет никого, кроме малыша, который вдалеке от нас!- Присев на корточки, он затем, прикрыл этот свёрток. Роб тогда продолжил:- Мама, ты же знаешь, как нам нужны Деньги, чтоб оплатить долги? Мы же не крали эти Деньги из Банка, мы - не воры!- Потому, она качнув головой, согласилась с аргументом сына. И, правда, единственный свидетель - раскачивающийся, на подвестных качелях, ребёнок, который взлетал вверх и - вниз.

Глава 8

Так прошёл ещё один год. В городе ощутим, разгар лета. Роберту уже семнадцать лет, и он предстал - в актовом зале школы. Здесь он сидит рядом с Розалин, Сэрой-Джейн, и - с отчимом, Хюго, последний сел рядом с сидением, Марджи. Вся чета Липинских радуются за выпускников - на школьном вечере. Тут можно разглядеть каждого гостя, которые носили одежду высшего качества - для такого грандиозного события. Позже заиграла мелодия, где юнные, но уже повзраслевшие пары танцевали, кружась в вальсе, по залу. Всё же, молодёжь и гости были близкими родственниками этих выпускников...

Анастасия Шмарьян

На следующее утро, семья собралась в гостинной,

они это - Розалин, Сэра-Джейн и её отчим, Хюго,

причисляя, Марджи также: все они сидели за столом

и, ели поздний ланч. Следом, дверь из спальни

отворилась, и Роберт, появился на пороге. Все из

семьи - выразили удивление. А, в это время Розалин

концетрируясь на сыне, но, сказала какую-то глупость:-

Сынок, а, мы думали, ты будешь подольше спать,

после Выпускного?- Но, Роб повёл плечами:- Я

же не идиот, чтобы напиться до смерти? После, я

должен похмеляться, тем более, буду ещё в большей

алкогольной зависимости! Нет уж!-

Розалин, поменяла мнение; улыбнулась; но, она

озабоченно сказала:- Роберт, мы все очень рады,

что ты закончил школу! Наши поздравления!-

Обернувшись, она смотрела, на мужа.- И, вот что

ещё, Хюго и я беседовали насчёт твоего будущего,

и оптимальный для тебя, вариан?- Роб тут махнул

головой, что означало - согласие, при чём идея

манила, его:- Мама и, Хюго, вы правда считаете, что я

могу сделать карьеру на стройке?- В этом случае, Хюго, вмешивается, и был уверен, в нём:- А, почему бы и нет! Я уверен в том, что ты сможешь достигнуть всего, Роб! Я сам тебя многому научил! И, в целом, с тебя выйдет хороший плотник, сынок!- Услышав приятное Роберт, светится; да и, Розалин также - расцвела. В краткой, невысказанной паузе: согласны были все. А, Хюго тут же сообщает, уже на позитивном ноте, утверждая:- Все согласны? Роб ты - молод, и можешь достигнешь всего того, к чему приложишь своё умение! Ты станешь работать, и без зазрения - учиться, дабы в будущем иметь высшую степень в Университете!- Но, тут вмешалась Сэра-Джейн:- Это правда, дядя Хюго, это возможно?- Повернувшись в сторону, лицом к той, Хюго стал гладить девочку по голове:- Конечно, это так, Сэра-Джейн!- В то время, как семья пребывала довольными; энтузиазм у Роба неожиданно исчез; склонив голову, он смотрел вниз, в пол. Всё же, он высказался, будучи - невесёлым:- Ага! А, мой отец вчера пришёл на мой выпускной, но побыл там, недолго. А, потом он быстро, ушёл.- Розалин прервала его, говоря, со злостью:- Это из-за бляди, Татьяны! Это она не пускает его пойти и увидеть своих собственных детей! Даже ненадолго.- Услышав это, Роберт, поднял голову, и посмотрел на мать - в недоумении. Он, уставился на Хюго, затем перевёл свой взляд, на Марджи. Тогда, Роб посмотрел на свою сестру когда она вдруг, проговорилась:- Мама, это правда?- Тут вмешался Хюго, это привело к тому, что все заткнулись, а, он - напрягся, и заявил:- Эй! Послушай, Роберт, я не хочу вмешиваться в вашу родственную связь с Питером? правда в том, что сейчас мы - семья, куда я тоже вхожу! И мне больно смотреть, когда ты неуважителен к нам всем! То ты часто - блуждаешь, как безумный, грубишь Рози и мне, постоянно?- Хюго тяжело вздохнул. Но, его опередил Роб, наклонивший голову, будто - сожалел:- Прости меня мама, и вы тоже, Хюго! Я сердит не на вас, просто я зол на отца! Он даёт обещания, но никогда не держит, своё слово! К примеру, он обещал свозить меня и сестру, на тот проклятый пляж, в Мексику?- Хюго, вздохнул; опустив голову:- Добро! Ну, а с завтрашнего дня, начало школьных каникул! Я свободен от обязанностей! Почему бы нам, не поехать в Маями?- Роберт, на это опустил голову, и повернул её налево, якобы одобряя:- Ага! А, я то надеялся поехать с отцом!- Хюго, в этот миг, поднял руки к верху, тогда, как довольный:- Забудь, что Питер, когда-то обещал? А, я могу вам обещать, что мы поедем в Маями, где будем отдыхать на пляже!- Хюго посмотрел вокруг комнаты, желая получить поддержку от всех; видно, что он объявил это с энтузиазмом; всё ещё горя желанием тогда, как он радостно, тут же, продолжил:- Тогда, давайте начнём собираться, чтобы нам быть готовыми, отправиться в путь?-

ЧАСТЬ II

Глава 9

Сейчас в Маями, можно наблюдать великолепный закат. А, по-другую сторону, в гостинице, в пентхаузе, расположенной рядом, с центральным пляжем Маями. Именно в этом номере люкса, предстаёт парочка: женщина, в возрасте около тридцати, и её партнёр - мужчина, лет сорока пяти. Видно, как они сидя на мягком диване, и смотрят программы по телеку. Вскоре, этой паре стало скучно; а, молодой женщине надоело -бездействовать, и она решает:- Мне скучно здесь сидеть! А, тебе?- Мужчина, тогда поднялся с дивана, утверждая:- И, мне тоже! Пойдём, подышим свежим воздухом, и заодно, мы -искупаемся в море!- Быстро одевшись, эта парочка, покидает гостиный номер - люкс. Перед тем, как закрыть двери, мужик осмотрел вокруг, чтоб убедиться, что их дорогостоящие вещи - на месте. Он, затем, выключил свет так, как пара находится на верхнем этаже. Но, тут одна проблема: оба забыли закрыть окно, до того, как они вышли за порог.

А, на улицах Маями, и высоко, небо - в красках аметиса, и, где звёзды переливаются. Тут видно приближение ночи, по-сему звёздное небо указывает путь, заблудившимся туристам... Откуда ни возмись, смелая сорока кружится в небе, находясь не далеко от окна этого гостиничного номера-люкс. Следом, сорока влетела внутрь номера, и повернув крошечную голову, зелёные глаза птицы, оглядели комнаты вокруг. И сорока тут же, каркнула:- Кар! Кар! Кар!- Заметно, как птица медлит, и с опаской прислушивается, или кто-то там находится. Сорока, взлетев, затем опустилась на поверхность серванта, стоящий, сбоку от окна, и стала цепляться когтями за карниз. Птица тут использует клюв, чтобы открыть шкатулку, где эта пара, что недавно ушла, хранила драгоценности.

Поковырявшись птица, нашла внутри вещи, и тут же стала подбирать одни-за-другим сверкающие, драгоценности - с камнями. Гейл также нашла там, колье, куда входили, ряды из ценных камней.

· Здесь заметно, как сорока вспорхнув, вылетела в открытую форточку, а, затем - улетела, во-свояси...

И, всё-же позже, сорока возвращалась туда, несколько раз. Во-время работы, птица использует тот же метод, когда она коллекционирует, и, подбирает при этом, всё больше добра. Так, Гейл летает туда и обратно, при большом расстоянии во времени, где птица подбирая, и уносит: браслеты, кольца, и, множества разнообразных коллекций драгоценностей. Это всё длиться до тех пор, пока птица неуслышала звуки, что кто-то снаружи, открывает дверь. В этой ситуации: взмах крыльями, птица взлетает - согласно природнего инстинкту. Таким путём, сорока быстро вылетела в распахнутое окно, но, кто знает куда? Воздушное путешествие заняло у Гейл, короткое время:

от и до - места её нахождения, так как оно находилось, неподалёку от открытой места, где сорока, нашла себе пристанище.

Вечером того же дня, сорока приземлилась на дерево, где пролезая между огромными ветвями, она сразу исчезла там, внутри. Птица стала высыпать часть добра, что доставляла сюда по-одному, куда она сбросила всё - в кучу, и, где от всего, образовалась высокая масса. Сверху, на ветке в гнезде, можно было увидеть драгоценности, куда входили: золото, и, там, по-счастливой случайности, находились сверх-ценные камни: от первого до последнего, лежащие - в коллекции...

В Маями завораживающий глаз восход солнца, но - слабый ветерок. Трава и флора в парках - в цветении. Сейчас климат предсказывал ноль, о предстоящей грозе и дожде, на улицах. Здесь открывается вид на шикарные дома, где - незнакомые люди кричат. Слышно женщину, кричащую во-всю:- Помогите!

Воры украли мои ценности! Джон, звони в полицию!- Дальше, видно одну из дорогих гостиниц, где постояльцы имеют право, высказать мнение; в основном это - женские голоса, они: либо кричат, либо плача, причитают:- На помощь! Здесь, был вор! Налётчики, вошли в здание, и похитили мои драгоценности! Мик, звони в полицию, немедленно! Не смей, глядеть по- сторонам? Мик, давай, действуй побыстрее!-

А, в зале ожидания гостиницы Маями, где остановились Роб и его семья, видно скопление народа, да ещё, тех, кто ожидал снаружи, вблизи бара. А, поскольку в этой гостинице, недавно случилось вторжение, по-сему силы полиции, только недавно прибыли на место, для расследования происшествия. Видно, как люди из правоохранительных органов задержались, чтоб опросить незнакомцев, на месте, и узнать, что тем известно.

Вскоре, стоя возле гостиницы, они входят внутрь, и, проходят сквозь само-открывающиеся двери. Здесь видно стоящую толпу, в стороне, в фое. Другие стоят рядом с полицией; и, они вскоре, подошли к столу администратора. Там, они секретно беседуют, опрашивая тех людей, кто ответственный за обслуживание гостей, проживающих в гостинице. Сейчас, тут послышался голос в микрофоне, на территории фое, один сотрудник, который обратился к присутствующим:- Дамы и Господа! Кто неявляется гостем нашей гостиницы? Просьба покинуть главный зал гостиницы, немедленно!- Постояльцы гостиницы собрались в круг, рассказывая истории о краже, при чём каждый, поведал свою версию, и, отвечали на вопросы следователя. Ну, а остальные работники гостиницы, стояли растерянно - в стороне, и, следили за всем происходящим. Вдруг, из одного лифта вышла пара, которых обокрали день до того, в этой гостинице. О чём же узнав, инспектор качнул головой, в то время, как записывал, кое что, в свой блокнот:- Тогда, кого вы подозреваете? Кто бы мог обокрасть вас? Вы заметили того, кто показался вам подозрительным?- Но, одна из работниц задрожала, и, тревожно:- Я так недумаю! Инспектор, эта гостиница одна из самых респектабельных в Маями! Ни один из посторонних, не войдёт сюда, будучи не замеченным, нашими работниками!- Далее, те примкнули к пострадавшим от грабежа, а первая жертва, оглядывалась, и, проливая слёзы; но - иронично:- Это разве - правда? Что, гостиница - надёжная? Как тогда, грабители могли здесь, орудовать? Вы сказали -респектабельная? Я сомневаюсь, так как, ваше руководство должно вернуть мне назад, драгоценности!- Дабы обеспечить обслуживание, работники гостиницы мчались взад и вперёд - встревоженно, и, все они находились - в состоянии хаоса...

Позже вблизи главного пляжа Маями видно людей, лежащих и загорающих под солнцем; а, другие - плавают в тёплом море. На пляже, молодёжь и пожилые играют в пляжный волейбол. Облака на небе проплывая, разливаясь, сапфирами. Вблизи:

отдыхающий народ снимался на фото: на будущую память... Это место разделённо бухтой - на три части, и, там внимание привлекают три девушки, с прекрасной наружностью, которые проходят, и, одеты в купальники, вероятно они демонстрируют дефиле, где их тело-сложения, можно сравнить - с Богинями. Скорее всего эти девушки - Модели, и по-тому приехали сюда на фото съёмки. Там же, мимо проходят и – парни, прекрасно сложённые и, подобны - Богам. Эти ребята обернулись, чтобы посмотреть, на девушек. Хотя парни одеты в майки и шорты, но их мокрые трусы, просвечивались сквозь одежды. Однако, они засекли внимание, на девушках. Внезапно послышалось, как один из парней, говорит сладкие речи к девушкам:- Эй, красавицы! Водичка-то, тёплая! А, вы, нехотите пойти, окунуться?- Тогда, второй парень остановил его, и, сам лично по-теме:- Да, девчонки! Он прав! Давайте ка, все вместе искупаемся?- Но, одна из девушек, отрезала им: - Послушайте ребята, вы куда направлялись до этого?- А, второй парень, поднял руку, и, указал - вдаль:- Да! Мы шли

- туда! Сейчас нас интересует, или вы случайно, не остановились, вон в том, шикарном оттеле?- Вторая девушка отреагировала, дерзко:- А, если это и так? И. как объяснила вам, Анжела, прежде...Но, тогда почему вам не пойти прямо, подальше, затем - разойтись?- На что, парень отреагировал:- Девчонки вы - недружелюбны? И, по-этому вам нужно, прикусить свои языки!- Эти парни, сразу же стали отдоляться от тех, недружелюбных модельерш.

Однако, Роб, стоявший в стороне, слышал ссору между ними.

Позже, остановившись у центрального пляжа Маями, в поле зрения попали: Розалин, Сэра-Джейн, которые стояли рядом, и - Хюго, подошедший, вместе с Робом к ним, и, 2 последних держали в руках фотографии. Всё доказывало, что у них всех весёлое настроении. Глаза у Розалин и Хюго бегали по-сторонам, но, в один момент, подняв ладони, они поместли их над лбом, и, таким путём, прячась от сильных лучей солнца, и - еффекта. Хюго тут же обратился, к Липинским, сам, будучи радостным:- Вы, согласны, что климат в Маями, прекрасен?- На что, вся семья ответила хором, наслождаясь:- Да! Климат здесь, прекрасный!- Хюго в экстазе:- Рози! Я чувствую, будто меня уносят крылья! И, у меня - готовый план для всех нас! Семья, мы отлично проводим время, не так ли?- На что все качали головами, гармонично:- Сейчас самое лучшее время -поплавать!- И, Хюго даёт намёк:- А если мы проголодаемся, то, пойдём и - перекусим! А, сейчас пойдёмте, поплаваем все вместе? Как это для старта? Семья, вы согласны?- Кинув взгляд к морю, все разделили удовольствие, Хюго. Здесь они попают в поле зрения, идущими к тёплому морю, чтобы поплавать, в нём.

Прошло много часов, а Липинские всё ещё находятся на пляже; где видно как Роберт, выходит из моря. Его влажная кожа покрыта морской солью, заметно, что оно осело у него там. Розалин протянула сыну полотенце; следом указала ему рукой в сторону дороги,она сказала весело:- Сынок, Хюго и я должны уйти, в одно место. Ты можешь повести Сэру-Джейн, через дорогу, вон в то кафе поесть мороженое? Тебе тоже - это, понравится!- Роб, улыбнулся, и махнул головой:- Мама, нет проблем! Дай нам только денег, на это, хорошо?-

Вскоре, Роб и Сэра-Джейн, заходят, к кафе, где они занимают, свободные места, и, садятся за столик. В тоже время, как оба они осматривают там, всё вокруг, с интересом. Вскоре, после, мужчина-официант подходит к месту, где сидят Роберт и Сэры-Джейн, когда он преложил этой парочке:- Что вы желаете заказать?- Роб, на это, наклонив голову, где стал читать меню, и, последовало:- Мы хотим заказать мороженое, с добавкой шоколада, сверху, пожалуйста!- У этого официанта - прекрасные манеры:- Конечно! Вы желаете к этому и -ликёр тоже, чтобы полить наверх, для вас…?-

Чуть позже, Роб и Сэра-Джейн, ещё даже закончили кушать мороженое, как голубизна, исчезла с неба, вдруг вместо этого явилась огромная грозовая туча, прикрывая, и заполнив небо сверху. Вскоре на улицах послышались раскаты грома, за тем последовали - вспышки молнии. В один миг, всё на улицах Маями заполнилось дождевой водой. Солнце исчезло с небес, а, люди на улицах прятались, где только могли найти укрытие на своём пути, или они, прикрывались, чем попало. А, в это время, в кафе Роб и Сэра-Джейн посмотрели друг-на- друга растерянно, так, как оба носили лёгкую одежду, по-сему были - нерешительны. Вдруг Сэра-Джейн стала протестовать, жестикулируя, брату руками; но ей трудно угодить:- Роб, что мы теперь будем делать? Как мы сможем пойти в гостиницу? Посмотри на улицу?- Но, Роберта эта ситуация развлекала:- Ты что, видешь грозу впервый раз? Или, ты - сахарная, чтоб расстаять? Посмотри, у нас есть целофановые мешки, и ними, мы покроем головы!- Сэра-Джейн, задумалась немного, затем она улыбнулась, и вступает в спор:- Это правда, Роб! Но, нам нужно идти, побыстрее! Ну, что пошли тогда?-

Вскоре, можно было наблюдать, как Роберт, в сопровождении сестры, вышли из кафе идя, по бульвару; а, там росло много деревьев. Теперь, дождь затихал. Тут же брат и сестра, стали переходить дорогу, где заметны ямы с водой; но, они вдоём старались избегать лужи, при этом - переступая, через них. Неожиданно: летит ворона, как раз в то время, когда брат и сестра - свернули, за угол. Пролетая мимо, ворона какнула Сэре-Джейн на верх её блузки, где были видны следы гавна, в этом девочка - убежденна. Отскочив в сторону, она опустила вниз голову, пытаясь доказать:- Что это было? Это что, птица накалала на меня? Я считаю: это - была ворона, пролетавшая мимо? Да! Роб посмотри, точно то была - ворона, пронеслась мимо, и, конечно обосрала мне кофточку!- Роб же, выглядел так, будто его мысли, где-то витали. Он всё ещё мечтал, а, по-сему, заявил:- Послушай, я тебя сейчас отведу в гостиницу! А, мне самому нужно пойти в одно место, хорошо, сестричка?-

Вскоре, у входа в гостиницу, Роб стоял возле Сэры-Джейн. Так как он - старший брат, Роб решил дать своей младшей сестре наставление, молвя строго:- Ой, прошу тебя сестричка, только не устраивай, сцен? Когда мама и Хюго вернутся, и спросят обо мне? Просто скажи, что я долго не буду. Хорошо, сестра?- Но, похоже, что она, хочет допытаться у брата, или удасться, выудить у него всё, своей сладкой речью:- Куда тебе нужно идти, Робби? Маями - отличное место. Но, у тебя здесь нет друзей? Я в это - уверенна!- Лицо, Роберта изменилось, и, он опустил голову. Теперь её тон сменился, на насмешку:- А, может ты - встречаешься с девушкой? А ну-ка братец, давай колись, поведай мне всё?- Роберта поразило; и он - осунулся, ответив ей, строго:- Заткнись, Сэра! Я уже тебе всё сказал! Это то, что есть! Сестричка, хватит задавать глупые вопросы! Ты - поняла? Это - неприлично! А, сейчас иди в номер, и там дождись прихода мамы и Хюго! Если же, они так скоро не прийдут, тогда ты, Сэра иди вниз, и, жди их там, в фое!-

Позже, Роб шагал по улицам Маями. Завернув за угол, он там купил по-пути какой-то еды, в ларьке... Вечер уже наступил.

Роб подходил к скверу, и, на расстоянии увидел летавшую птицу, и, в порыве момента, в ком опознал - ту самую сороку. Слышно, как дождь всё ещё лил; когда этот юноша, следовал по-стопам туда, куда летела птица. Большинство людей по-исчезали с улиц, из-за сильного ливня. Роб до сих пор следовал за сорокой, что летала по-воздуху. И, всё же, Роберту было интересно:- Гейл, ты покажешь мне, дорогу? Но куда, и, зачем?- Он следом, вошёл в изолированное место, где, секунду назад на дереве заметил птицу, залетевшую туда, со связкой вещей. Заметно, как птица приземлилась сверху на большую ветку, и, зацепилась в размещённом там, гнезде. В чём состояла цель, где предстало дерево, природней особью, и там - прикрыто, ветками. Для людской породы трудно представить, что было спрятанно там, где что-то виднелось. Растение находилось в отличном месте.

Сорока крутилась, будто завлекала Роберта - взобраться на дерево, и, где сама, сидела в птичьем гнезде. Вдруг сорока закаркала, и, повсюду послышалось её эхо. Роб протянул руку вверх, от скуки:- Гейл, какого чёрта, я должен взбираться, на дерево?- Несмотря, что Роберт раздражён, до того, как влезть на дерево, он внимательно посмотрел, по-сторонам, да бы удостовериться, что никто не идёт мимо. Тут, вначале сорока, сделав посадку на дереве с густыми ветвями, где оно отдыхало в примитивном гнезде, и, похоже выложенно из веток, или, птицы давно собирали колючки и траву, где-то.

Когда Роберт взобрался на дерево, стоя на пятках ног, где он заметил птичье гнездо. Фундамент гнезда служил тем, чтобы откладывать здесь яйца?- Но, вместо этого, Роберта глаза наткнулись на высокую кучу с обилием золотых украшений, и с - запасом разнообразных, ценных камней. Ему сразу всё дошло. Роб - поражён, и, тогда заговорил дрожащим голосом:- Да, эти драгоценности похожи на те, что были украденны из номера, гостиницы, где мы остановились? Или где-то, и, кто-то знает?- Роб - расстерян, находясь в состоянии шока:- Да ты что, украла драгоценности, Гейл?- А, сорока, каркнула:- Кар! Кар!!- Роб чувствовал, что попал в просак:- А, что, если я это заберу с собой, в гостиницу? После, появятся Менты, и начнут обыск в нашем номере? Храни Господь, мы же все окажемся за решёткой, за кражу?- Замолчав; Роб, тут склонил голову, и, выразил свою точку зрения, при чём:- Как ты всё это смогла огранизовать, Гейл? Что я скажу моим предкам? Как объясню моим родным, происхождение этих вещей? Что мне теперь, делать?- И, всё же, он поражён происходящим, и находится в таком состоянии, какое-то время...

В течении времени, можно было наблюдать: дождь затихал - это означало: что Роберту пора слезать, с дерева фортуны. Однако, юноша глазел на драгоценности; дошло до того, что он был окалдован, даже неосознавая, как его затягивает то, и, сводили с ума - ценные камни. И, тогда Роб снял майку, чтобы сложить товар; следом он стал отделять золото от - ценных камней, разделив вещи на две кучки. Следом, он завернул половину каждой кучки, свернул их вместе в майку, и прикрыл это там. После, он положил товар в целофановый мешок, чтоб вещи не промокли. Несмотря на азарт, он всё же опасается нести ценности в гостиницу, боясь обвинений, а, главное - подвергнуть семью, опасности. Роб опустил голову вниз, полу-шепча:- Я должен, обдумать всё ясно! И быть на страже, плюс подумать, что мне делать дальше? Ладно Гейл, мне сейчас нужно идти! Но, я что-то придумаю...-

На закате следующего дня, появляется Роб, быстро идущий по-улице, в направлении, изолированного места - рядом со сквером. Только одна проблема: он забыл, где находится то заветное дерево, с драгоценностями сороки. Неожиданная идея пришла ему на мысль: окликнуть сороку, считалкой:- Сорока-Ворона, кашку - варила, деток...- Роб даже неуспел досказать рифму; как заметил сороку, дико летавшую над ним. Тут птица, захлопала крыльями, а затем послышался крик вороны:- Кар! Кар! Кар!- После, можно было увидеть, как птица делает посадку на обширную ветвь дерева. Роб сразу обратился к сороке, как, будто птица понимает людскую речь. Он глядел, будто был очень удивлён:- Привет, Гейл! Так ты, покажешь мне дорогу к дереву, и, к - своему драгоценному гнезду?- На что сорока, каркнула:- Кар! Кар! Кар!- Усмехаясь, Роберт заиграв своими мышцами; но, он - поражён:- Это какой-то ужас, ты - очень умная птица? Так ты значит понимаешь, что люди говорят?- Тут послышалось ехо сороки:- Кар! Кар! Кар!- На что юноша, усмехнулся, и, кивнул головой:- Ну, хорошо! Покажи мне путь, Гейл? О да, Гейл, и я принёс тебе, кое-что поесть...-

Глава 10

На другое утро, в чье-то квартире люкс, слышится звонок телефона. Звонило в квартире Питера, когда он в тот же миг, поднялся с дивана, ответив на звомок, стоя:- Алло? Говорит, - Питер!- Роб в номере гостиницы, слушает в напряге. Затем, задыхаясь, он ответил в телефон:- Папа я рад, что ты взял трубку? Мне очень нужна твоя помощь? Ты бы мог прилететь сегодня в Маями?- А, на другом конце линии, Питер скучает, при этом слушает, что его сын рассказывает. Он затем, сам ответил:- Роб это - ты? Что происходит? Слушай, почему ты, в Маями?- А, в номере, Роб слушает осторожно своего отца, он, заговорил, волнующим тоном:- Мы здесь - все, в Маями! Папа, когда ты сделаешь посадку у нас, я тебе всё объясню...- Питер зевает, когда он слушает; в то время, как сам смотрит в окно:- Сынок, завтра Татьяна и я, должны лететь назад, домой...- Роб слушает, будучи напряжённым, и, тогда, он прервав отца, заявляет:- Я всё понимаю, папа! Но, мне срочно нужно тебя видеть! Можешь ты, хоть раз в своей жизни, помочь мне?- Тут, голос у Питера нервозный:- Сын, мы неможем потерять авио-билеты! Мы итак тут находимся, слишком долго!- Роб слушает острожно, он тут же остановил отца; и у него натянутый голос: - Послушай отец, если бы моё дело не было срочным, я бы тебя, не беспокоил! А, твоя поездка в Маями, будет чисто деловой! Папа, поверь мне, и, отложи свой полёт, пожалуйста, ты лучше приезжай в Маями?- Питер слушает осторожно; и тогда реагируя, спрашивая, сам:- Добро давай скажем, я приеду! А, как же твоя мать, и Хюго, когда они меня увидят там, что они подумают? Разве они не знают, как тебе помочь? Чтобы это ни было, расскажи мне по-телефону, сын?- Голос у Роберта - охрипший:- Нет! Я не могу тебе рассказать по-телефону, так как ты не представляешь, что произошло? Но, я в тюрьму не сяду? Поверь мне на слово, что это для тебя перспектива заработать, отец! Но, самое важное, я объясню, когда ты сюда приедешь!- Роб и Питер дышат в трубку, в то время, как оба думают. Тут Питер, вздохнув, прервал молчание, объявив:- Прости меня, сынок! Но, я не смогу приехать, в Маями...- Видно, как Роберт расстроился; и тогда он - бросил трубку...

Заметно, как Хюго и Розалин вошли в фое, и, направились к столу администратора. Тут слышится звонок телефона: Дзинь! Один работник снял трубку; здесь, в помещении слышно, как другой сотрудник, наклонившись вперёд, обратился к Хюго: - Добрый вечер, мистер Моралэс!- Хюго, на это улыбнулся, и, ответил вежливо:- Добрый вечер! Скажите, у вас есть какие-то послания, для Липинских?- Этот администратор посмотрел в сторону ящиков, и, повернувшись, ответил утвердительно: - У меня здесь есть записка! Могли бы мы поговорить с вами, на едине?- Хюго, качнул головой, что значило: да; он, тогда, обернулся и, посмотрел на Розалин. Он, нервно улыбался, показывая ей жестами идти к лифту. Следом, он повернулся - лицом к администратору:- Да! И, от кого эта записка?- Этот работник гостиницы, перегнувшись через стойку, подал лист бумаги в руки Хюго, что было сложенно, вдвое. В тот же миг, лицо Хюго сменилось - на бледность, когда он читал записку.

Сейчас время после девяти вечера. Видно, как Роб быстро шагает; приближаясь к Морскому порту. Затем, он направился в кафе, что расположено, на центральном причале, Маями.

Через пятнадцать минут, Роб подходил к кафе, где издали заметил отчима - Хюго, сидящего за столиком, и, который грустил от скуки. Хюго тоже, заметил Роберта, и стал махать ему рукой... Подойдя ближе к Хюго, Роб нетеряя ни секунды, приступил сразу к делу, зачем он здесь? Однако Хюго прервал его, став говорить прямо-линейно:- Роб, я не вижу смысла, почему ты оставил мне записку, и потребовал, чтобы я пришёл в это кафе, под завесой тайны? А, вместо того ты играешь со мной в какие-то игры?- Но Роберт, осмотревшись вокруг, сказал:- Послушай Хюго, если бы у меня не срочное дело, я не стал бы тебя, беспокоить...- Роб вдохнул; но выглядел потерянным, когда продолжил:- Прежде, чем я расскажу вам большой секрет, вы, Хюго должны пообещать, что поможете мне?- Оба смотрели друг-другу в глаза. Далее произошло то: Хюго же, подозревал худшее, когда говорил, заметно, что он на взводе, но его плечи, дёргались:- Роб, что так важно, что ты притащил меня сюда?- Он вздохнул, а затем, спросил:- Что случилось? Ты, что немог попросить мать, или своего отца помочь в том?- А юноша расстроился, и, ответил:- Но, вы ошибаетесь! Я уже звонил моему отцу и, просил о помощи, но, я его не волную. Его вовсе не интересует моя судьба? Я маме тоже ничего - нескажу, это - очень опасно, для всех нас!- Роб замолчал; и наклонившись ближе к Хюго, он прошептав ему в ухо:- Я полагаю, что вы - единственный, кто у меня остался, и, кому я сейчас могу доверять? Но, я бы тебя сюда даром, не позвал?- Наклонив голову, Роб в тут же, всунул руку в карман. Вынув там целофановый мешок, он стал разворачивать содержимое, завёрнутое изнутри. Развязав тряпку, Роб тут же достал, и положил кучу на стол, чтобы можно было разглядеть содержимое. Он, следом прошептал, Хюго в ухо:- Видишь драгоценности, что я распаковал? Вот зачем, я тебя просил прийти! Ты когда-то видел, что-то изумительнее, чем это, Хюго?- Увидев те драгоценности, Хюго занервничал, и, стащил свёрток со-стола, и наклонившись сам под стол, он, спрятал там, ту кучу. Хюго задрожал, при этом глаза его - расширились. Хотя его реакция и была жёсткой, но Хюго тут прошептал:- Роб, ты что с ума сошёл? А, если кто-то увидел тебя с этим? Мы оба попадём в дерьмо? Откуда, чёрт возьми, ты взял эти вещи? Ты, что их украл, у кого-то?- Заметно, как Роберт погрустнел:- Конечно нет, я не крал! И, я - не вор! Я - нашёл всё это в птичьем гнезде в парке, на дереве...- Но, Хюго перебил его, видно, что он смотрел на того, с подозрением. Оглядевшись вокруг; Хюго следом, ответил тихо:- Роб, я не родился вчера! Или ты думаешь, что я дурак? Поскольку, драгоценности не валяются в гнёздах просто так, или же ростут на деревьях, сын?- Тут Роб остановил его, сам ответил резко:- Я не говорил, что драгоценности, ростут на деревьях! Хюго, позволь мне всё объяснить? Ты не хочешь выслушать, какие у меня на то есть причины?- Оба глядели друг-на-друга. И, тут Роб рассказывает историю, хотя его голос тихий, но - напряжённый:- Хюго ты помнишь, что позавчера был дождь?- Хюго качнул головой. Здесь Роб продолжает историю далее:- Я прятался, от дождя, в центре, у сквера. Там неожиданно я заметил, пролетавшую мимо ворону, что держала в своём клюве, маленький свёрток. Я последовал за птицей, а, потом, взобрался на дерево. Там, в гнезде я и обнаружил все эти ценности...,- дыхание Роба углубилось; при чём, он выглядел беззащитным; продолжив вновь: - Теперь ты всё знаешь,а я вот, не знаю, что мне делать с этими вещами?- Тут Роб вздохнул. Поглядел в глаза Хюго так, будто он его просит:- Ты поможешь мне заключить сделку?- На этот раз Хюго задумался немного. Следом, подняв голову вверх, он, кивнул:- Хорошо сынок! Я тебя в этом деле поддержу. Но, мне надо будет связаться с одним важным челоком? Сейчас ты и я - остаёмся здесь, а, все наши, должны срочно уехать?-

Глава 11

В одном месте - ночное время. Где-то далеко, привлекает внимание высотное здание, где можно увидеть женщину, принимающую душ. Там же, слышен шум льющейся струёй, воды. Здесь, в жилом блоке видно, что окно одной квартиры - распахнуто, настеж. Вдруг, откуда ни возьмись ворона подлетает близко - с целью попасть в окно этого квартирного блока. Как только, сорока поняла, что здесь никого нет, она сразу залетела во-внутрь. Облетев, вокруг - дважды, она, приземляется на поверхность серванта. В этом месте попадает в поле зрение шкатулка, где хозяйка хранила внутри, свои драгоценности. Теперь, Гейл носила крохотный мешочек, свисавший вниз, с миниатюрной шейки, птицы. Открыв пасть, птица подбирает ценности, используя свой клюв. Следом, сорока подхватила один драгоценный камень, орудуя клювом, и, таким путём, удерживала вещи, цепко.

Следующее действие: птица стала сбрасывать ценные камни: один-за-другим в крохатный мешочек, который был сделан, из алюминия... Как, только миссия завершилась, сорока захлопав крыльями пару раз, взлетела вверх. Следом, сорока вылетела в окно, и понеслась далеко; где птица уже находилась, на-пути к... Уже выпорхнув на улицу, и, до того как улететь, сорока подала звук, крича от удовольствия:- Кар! Кар! Кар!- Сорока находилась в воздухе долгое время, тут, в этом месте, она сделав поворот в лево, сменила направление полёта.

Вечером того же дня сорока, стала снижаться, поближе к дому Роба, с намерением сделать там - посадку.

Глава 12

Так прошёл месяц. На заре, в резиденции Мартина, где этот привлекает внимание, крепко спящим, будто он находится, в литаргическом сне. Рядом с его кроватью, на одной тумбочке, заметна, лежащей книга, под названием "Отверженные". Неожиданно дверь спальни широко открывается, и на пороге появляется незнакомец. Инкогнито усмехнулся, так, как, здесь ощущалась вонь - от Мартина несло перегаром алкоголя, что он пил, в баре, в компании других ребят, прошлой ночью... Следом, незнакомец подходит ближе к кровати Мартина, и начал с ним разговор, при этом у него акцент, скорее всего он - Француз:- Я полагаю: вас зовут Мартин?-, Мартин, не может повертить своим глазам, по-этому он медленно, поднимается с кровати, всё ещё пребывая в недоумении. Заметно, как его голова склоняется вправо, и, он бормочет:- Да, это так! Кто вы такой, сэр? Что вы делаете, в моей комнате?- Тут инкогнито образ, спрашивает:- Я надеюсь, вы читали книгу с заглавием "Отверженные"?- А, Мартин ошарашен:- О, да! "Отверженные" - это - моё самое любое произведение!- (Тут мы отвлечёмся: по определению Жаверт это - герой из "Отверженных"- инспектор, соблюдавший Закон, превыше всего. Жаверт решительно преследовал беглого каторжника - Валижана, и, надеялся привлечь того, к правосудию.) Следом, образ мужчины, сказал строго, но медленно:- Теперь молодой человек, я знаю: у тебя есть враг?- Мартин, тогда заговорил нервозно, и, хрипло дыша:- Это Роб так изувечил меня! По-сему, мне стало невозможным быть зачисленным в Военную Академию, где важна внешность, но, из-за моего искалеченного лица...?- На это, образ Жаверта ответил:- По-сему, я рекомендую тебе с ним разобраться. Отомсти ему...!-

К удивлению, в миг Французский детектив Жаверт, исчез. Хотя Мартин стал искать Жаверта по-квартире, но мужчины нигде не было. Вот тогда, Мартин стал тереть свои глаза, и, затряс плечами, так как всё, что произошло тут, было ничто иным как фантазии его больного воображения. Мартин вспомнил, какую тайну открыл Хюго о работе Роберта - подмастрьем, на стройке. Мартин теперь, вспоминает, что ещё Хюго поведал ему, и - Джёне, когда прошлой ночью, находясь в Баре, в центре города, Мартин сидел там, рядом с Джёной и, с парой других мужиков. Они пили по-немногу и, там была слышна музыка. Но, тут Мартин крикнул:- Ребята, давайте-ка выпьм, ещё?- Каждый из мужчин, кивнул головой, якобы: да; в то время как, все стали вертеть головами, будто ждали очередную порцию виски от бармэна, чтобы тот налил им ещё, выпивки.

Чуть позже, неожиданно у входа появились двое мужчин, один из них - Моралэс бывший учитель Мартина, идущий рядом, с другим незнакомцем. Эти двое подошли к стойке бара, заняли места, находясь на расстоянии вытянутой руки, от банды Мартина, и все, которые пили, там же. Тогда-то, Мартин и хлопнул по плечу Хюго:- Мистер Моралэс, вечер добрый!- От глупого толчка, Хюго обернулся, будучи напряжён:- Добрый вечер, тебе тоже, Мартин?- Хюго также заметил Джёну, и - другие знакомые лица, ребят:- Я смотрю, ты здесь не один, Мартин?- А, Мартин - усмехнулся, и, качнул головой:- Так. А, почему вы, здесь?- Перегнувшись, он, указал на незнакомца, сидевшего за стойкой; тогда Хюго выглядел недовольным, и - повёл бровями, на второго:- Этот мужик - мой хороший друг! - Так, как мы когда-то работали вместе, и, пришли сюда, чтобы выпить, как в старые, добрые времена, неправда ли друг?- Хюго затем, подмигнул своему гостю, и слегка толкнул того в плечо. Туда подошёл Джёна, и, присоединился к компании, толкнув Хюго в плечо, тем самым дал знать, о своём присутствии. Теперь Хюго говорил с ними открыто:- Вы двое, как ещё не думали, пойти на работу?- Мартин выглядел растерянным; он вздохнул, хотя его плечи дрожали:- Во-все незнаю о планах Джёны? Но, я - не думал, о своих пока!- На это Хюго, зашатал плечами:- Вот почему я - здесь, с моим корешом! Я хочу, чтоб Роб пошёл работать, в строительную индустрию...-

Кроме всего прочего, Мартин вспомнил, что Жавер сказал ему раньше, по-тому, он разозлился:- Ну, Роб ты и, ублюдок! Из-за тебя я несмог попасть в Академию! Моя жизнь сущий кошмар, - и, безсмыслица! Тот был прав! А, Хюго мне сообщил, что Роб - собирается работать на стройке? А, я ему в этом, помогу! Да, никогда! Роб, ты будешь дышать - в последний раз!- Тут картина утра: лишь взошла заря, а на строй-площадке двое мужчин, что-то тут возводят, устанавливая дюжену свай, которые используются, для креплений. На объекте спрятанно, также и лишнее оборудование, для крепления те используют пояса безопасности, которые уже были закрепленны, раньше. Там на месте, высотник из бригады строителей разворачивает инструменты. Также, попадает в поле зрения, мужик, который в возрасте тридцати-пяти, и его имя - Билли Гэлегар. У него типичная внешность: светлые, кудрявые волосы; он - голубо-глазый; и - среднего роста. Билли смотрит с высоты полёта на одну из оконных рам, что вставленно ещё не было. Но он усмехнулся. И, хотя здесь работа ещё не была завершенна полностью, в целом здание предстало высотным, словно - с высоты птичьего полёта. Там же, сверху, на строй площадке можно видеть, как замешивают глину; где такие же похожие на деревянные брёвна, закрепленны столбы. А ещё, здесь можно обозреть, как впереди соединяют - в одиное, фундамент для всего комплекса зданий. Сверху, на крыше, выглядывает группа рабочих, и среди них - юный Липинский. Хюго Моралэс, отчим Роба, договорился о работе для своего неродного сына; и смог добиться для него попасть, трудиться на стройку. Роберта приняли туда, для прохождения практики, и, его ещё готовили по-специальности, для - столярного ремесла.

Внизу, на земле можно было обозреть, между зданиями - Босса Мэрримэка; который зашёл сюда, а, затем поднимался, на лифте. Затем видно, как Босс Роберта подходил уже, к бригаде рабочих...

Через какое-то время, на рабочем перерыве, приблизившись к Мэрримэку, Роб обратился к нему, и он - искриний:- Мистер Мэрримэк, я беседовал с Билли, и, он пообещал взять меня под своё крыло! Так, что я хочу приобрести навыки высотника там?- Но юношу перебил Босс Мэрримэк, заявляя, и, он был встревожен:- Смотри Роб, ты ещё молод, и - необучен! Мой - тебе совет, не рискуй даром, по глупости!- Но, Роб заявляет: - Мистер Мэрримэк, я обожаю быть наверху и - хочу стать высотником! Оно наполняет адреналином внутри всего меня!- Мэрримэк, стал трусить головой, он выглядел недовольным, и, по-человечески - озабочен:- Роб, послушай меня сынок, если не дай Бог, что-то с тобой, случится? Твои родные мне никогда этого непростят! Особенно - Хюго!- Однако, Роб полон оптимизма:- Могу я, хотя бы попробовать? Если нет, я вернусь и буду проходить обучение столярному труду.- Мерримэк же посмотрел на подростка, с улыбкой; тогда как он приказал, хотя выглядел встревоженно:- Когда, я беседовал с твоим отчимом, мы договорились, что ты станешь - столяром? А, как же - сейчас...?-

Теперь ночное время суток. А, на строй-площадке замечен человек, одетый в камуфляж. Слышно, как чужой пробирается тихо, в направлении лифта. Тут видно: идёт стройка полным ходом; и, согласно проэктировке - здания, практически готовы, чтобы быть сданны - в эксплуатацию... В этот миг образ человека, обращается:- Давай, Мартин найди это, и докажи, что ты - герой! И - выполни намеченное!- Тогда же, незнакомец и, ответил:- Хорошо! Я знаю, что делать!- Следом посетитель вошёл в помещение туда, где рабочие хранили инструменты там. Во-время труда, они могли убирать троссы, что применялись высотниками для их работы. Здесь замечен незнакомец, носящий чёрные перчатки, а его - голова покрыта. Этот чужой человек сразу подошёл, к металлическим шкафчикам, и - открыл один, где можно было ясно прочесть, надпись: Роберт Липинский. Незнакомец, всунул одну руку в карман, и достал оттуда крупный, армейский нож. Затем, он перерезал троссы высотников на-двое. Сразу после, странник положив верёвки обратно в шкафчик, закрывает его. Теперь незнакомец идёт к выходу; но, прежде он хочет убедиться, что никто его незаметил, и, тогда он, смотрит по-сторонам. Затем, человек, как привидение стал поспешно уходить, со стройки.

На восходе солнце, на строительной площадке, уже стали заметны безопасные канаты для работы на высоте, и, там оно закрепленны, для монтажников, чтобы те могли перемещаться свободно - спускаясьм между возвышающимися зданиями.

Прийдя на работу Роб, чувствовал себя хорошо; и, он сразу присоединяется к группе монтажникам; видно, что он - в отличном настроении.

На территории заметно, как рабочие переодеваются, в спец- форму для стройки. Следом, открыв шкафчик, Роб достал оттуда канаты и, закрепляющие крючки, которые используют высотники, для своей безопасности. Здесь, ещё заметно, как опытные монтажники орудуют троссами. В это время наше внимание привлекла группа, с их старшим бригадиром - Билли Гэлегаром. И там же, прямо на месте Билли стал обсуждать с Робертом; он был заинтересован:- Как тебя зовут, парень?- Роберт стисняясь, ответил:- Роб! То есть, Роберт Липинский!- Билли, улыбнулся; затем пытается дать Робу совет:- Слушай, парень, ты начинаешь сегодня обучение. И, я хочу дать тебе совет: старайся делать, но - неперестарайся! Не забывай, моя бригада и я - имеем опыт работы в этой сфере!- Тут можно обозреть, что глаза Роба переполненны огоньком, когда он ответил:- Добро! можно, я буду звать вас, Билли?- А, Билли усмехнулся, и, кивнул головой - в знак согласия. Теперь, Роб ощущал постоянство:- Билли, если бы вы знали, как я люблю - работать с экстримом? Сверху я чувствую, будто у меня дух захватывает! И, словно бабочки щекотят у меня в желудке!- Но, Билли остановил его; он тут же затрусил плечами; и, когда снимал рукавицы:- Мне знакомы выходки ваших брата, подростков, ищущих экстримал, смешанный с адреналином! Роб, знаешь что, ты - особенный!- Здесь Билли посмотрел на него, моргнул; и указал на канат, лежащий там:- Давай лучше, обменяемся с тобой канатами? Передай мне свой, а я тебе дам - мой? И ещё: ты заранее закрепи троссы потуже, как следует!- Роб - счастлив:- Добро! Я так и сделаю, Босс!-, такова была реакция Роберта.

Обернувшись, Билли, дал команду, бригаде:- Давайте, начнём спускаться! Роб, ты держи голову ровно, и не смотри вниз, потому, что у тебя начнёт кружиться голова! Ребята, а, сейчас все смотрят прямо, и ни разу, вниз! Все должны быть, начеку!-

Роб сейчас полон счастья:- Добро, Билли! Огромное спасибо, Босс! Я уже готов, тогда, когда будешь ты!- А, Билли сейчас смотрел по-сторонам, обращаясь к группе, включая Роберта: - Хорошо! Итак поехали, ребята! Пошли, все - прыгают вниз!- Следом все монтажники прыгнули с огромной высоты, многоэтажного сооружения, минуя здание; где видно, что группа состоит из пяти человек, и не меньше; тогда, как они висели над зданием, и, при этом удерживали баланс в воздухе. Тогда как, вся бригада удерживается на троссах, видно - медленно, но уверенно, они спускаются. Цель монтажников - прыгнуть вниз: видно, их приземляющихся, на террасу, где они сразу стали на обе ноги. Группа спрыгнула: Прыжок! Ух-ты! Роб - недорос, и, выглядел - расстерянным. Если тут рассмотреть высотников, спукающихся гладко вниз; и вдруг Роб закричал:- Эй, у меня захватило дыхание! Я лечу! Ты, меня слышишь, Билли?- Вся бригада, включая Роба, прыгали вниз, примерно - на несколько ярдов.

Вдруг, тросс под весом Билли, затрещало по-швам. Видно, как Роб висел над ним. Но, Билли и не подозревает, что у него порван канат. Заметив тут беду, у Роберта захватило дыхание,и, он застыл

- незная ни фига, как же поступить в этой опасной ситуации? Последовало, что, он опустился чуть пониже, пытаясь дать предупреждение Билли. Глаза Роберта широко расскрыты - в панике, когда он закричал:- Билли! Посмотри на свои троссы!- Однако, Билли не мог услышать, так как заострил внимание, глядя вокруг, видно, в тоже время он - продолжал спускаться. Тут монтажник стал крутится по-сторонам, когда неожиданно, его тросс порвался; лишь тогда Билли ощутил, и, тут будто его - ошарашило то, что случилось с ним, на этом месте.

А, внизу на строй-площадке все в подряд, находились в хаосе; и было видно, как рабочие бегали там, взад и - вперёд.

Роберт сверху, застыл от страха; тут же можно заметить, как юноша храбро расскачавшись, потянулся к нему, и отрезал тросс под весом высотника, висевший в стороне, разорваный. Билли был на близком расстоянии, и уже готов - вмешаться. Тогда Роб закричал, во-всё горло:- Билли! Держись, покрепче! Я попробую откатить тебя к высотной площадке?-

В тот же миг, Билли замедлил, и стал раскачиваться; он затем врезался головой в стену; в результате чего, этот монтажник потерял сознание...

Глава 13

Прошло несколько месяцев. В городке, на дворе вечер, и где слышно, как звучит музыка; пару юношей играют на гитарах и - поют там сидя, на лавочке. Вдруг, замечен идущий по-улице, Роберт, который - задумчив. Когда он приблизился к этой музыкальной банде, неожиданно раздался крик среди тех, адресованный Роберу, это - Мартин, который, сложил руки, будто стрелял из пистолета:- Эй, ты - криминал! Надеюсь тебе дадут большой срок?-

Как только Роб услышал это, его голова запала ему в шею, и он - напряжён, и сразу стал убегать. Тогда, как банда запела вновь, при чём их ехо звучало, по всей округе...

Из-за несчастного случая, это - стало поводом к возбуждению уголовного дела, против Роберта. По-этой же причине, он и оказался в зале Суда. В суде, во-время Судебного заседания, заметна дама - Судья, возрасте за сорок, и она тут правит законом. Слышно Судью, говорящую, ясно; но - строгим тоном: -...Ввиду несчастного случая, произошедшего с потерпевшим, когда он работал монтажником. И, в результате того, что он свалился с высоты, вниз. Это привело к тому, что мистеру Гэлегару сейчас трудно работать? Более того, это стало для ответчика поводом быть недееспособным, и, во-многом из-за нанесённых ему, увечий!-Тут Судья подняв голову, взглянула резко, и, концентрируясь при этом, на Роберте. Сделав вздох, Судья монотонно, продолжила:- А, что может сказать, Адвокат позащитного, по-поводу этого дела?- И, тут Адвокат, ответил:- Спасибо, ваша светлость! Я хочу пригласить на станд, для дачи показаний, мистера Гэлегара - потерпевшего!- Заметно: Билли - весь на нервах; и, горит желанием:- Ваша светлость! Почтенное жюри! Дамы и Господа! Я хочу рассказать всем присутствующим - о Робе!- Он остановился; и, потряс головой:- Простите, я имел ввиду: подсудимый, который ещё пацан!-, затем он обернулся, и, указал на Роба, следом он добавил:- Я хочу, - чтобы присутствующие в Суде, посмотрели на него? Теперь ответь этот мальчишка, что-то знает о жизни? Нет! В одном я уверен: если бы тогда на моём месте был он, то он бы там не выжил!- Он, затем остановился, глянул на Роба, вздохнул; и, будто бы с просьбой:- Я - обученный монтажник, даже я был не в силах справиться с ситуацией, как надо! А, я хочу просить членов Жюри, и вашу Светлость, предъявить симпатию к подсудимому! Я простил, Липинского, это - не его вина! И, со мной случилось несчастье, в тот роковой День!- Все в зале Суда хранили молчание, лишь Роб казался - был на нервах. Розалин плакала, сидя рядом с мужем - Хьюго.

Более двух часов была задержка... И, когда Судья появилась, чтобы зачитывать вердикт. Заметно, что Роб при этом, встал поскольку должен узнать, что его ждёт.

Судья же, зачитывает ясно, где сказано:- Совместо, так ка подсудимый работал на строительстве. Из-за чего произошёл несчастный случай на рабочем месте, приведший к травмам, подзащитного? Это сделало потерпевшего нетрудноспособным, и, отразилось негативно на мистера Гэлегара, вследствие чего, он оказался - частично искалеченным!- Судья следом, посмотрела вниз на бумаги; вздохнув, она затем, объявила:-... Доказательства, что предъявленны, Суду! И, полагаясь на факт, что подсудимый-несовершенно-летний! Я, согласно закону, объявляю: мистер Роберт Липинский должен получить один год заключения! Но, ввиду того, что подсудимый - подросток! По-этой причине, с этой минуты, Мистер Липинский остаётся на воле - Условно...- В это время, в зале - полная тишина. Теперь Судья, подняла голову вверх, и посмотрела на Роберта; а затем, добавила:-...

Глава 14

Однажды вечером, в далёком месте женщина, в высотном здании своих апартаментов, принимала душ вместе с кем-то. Было слышно, как там льётся вода. В аппартаментах видно, что окно было, расскрыто. А, в этот время сорока на крыльях, приблизилась к заветному окну, той квартиры. Птица оглядела вокруг, или там никого не было, сразу же влетела через широко открытое окно. Облетев дважды, птица затем стала приземляться, делая посадку на поверхности серванта. Внизу, попадается на глаза шкарулка, где хозяйка хранила драгоценности. Видно, как сорока носила крошечный мешок, спадавший с её маленькой шейки, что был изготовлен из алюминия. Как только сорока открыла шкатулку, используя клюв, она сразу стала подбирать ценности один-за-одним. Среди многих ценных камней, птица выбрала один и, крепко зажала это, в пасти. Дальше сорока стала сбрасывать камни, один-по-одному в маленький мешок. Когда её старания реализовались, сорока захлопала крыльями, и - готова была в путь; когда вылетела в оконную раму; видно, как птица уже - в полёте. Вскоре сорока была на пути - к захолустью...

Вечером того же дня, за городом, до того как улететь, птица издала звук, будто довольна заданием. А, по-округе слышен вороний крик:- Ка-р-р-р! Кар-р-р! Кар-р-р!-

Позже, сорока пролетев какое-то время, была уже на пути, к намеченному месту.

Птица здесь, свернула влево - сменив при этом, курс своего полёта. Следом, сорока стала снижаться, недалеко от дачи, где жил Роберт; и там, птица - делает посадку...

Глава 15

Прошло около двух лет. Сейчас, наступила Летняя ночь. Роберту исполнилось двадцать лет. В семейной гостинной, можно обозреть: Роберта, его отчима, Хюго и - остальных членов семьи Липинских, которые сидели за столом, и пили чай. Настроение у Липинских - стрессовое. Хюго выглядел, будто на грани срыва:- Знаешь Роб, многие из нас прошли неудачи, в своей жизни! А, сейчас ты оказался в подобной ситуации?- Он, затем глубоко вздохнул, и добавил более:- Нам, всем надо плыть - по-течению! Если ты думаешь у тебя одного неудачная судьба? Тогда, как быть, Билли? Что ты думаешь, он чувствует оставаясь калекой на долго?- Хюго тут остановился; вздохнул, и, как результат сказал:- Всё будет хорошо, сынок! Запомни, одно: Смерть - худшее наказание - для всех! Пока мы дышим, мы - существуем!- Тут все: глубоко вздохнули. Сейчас, Розалин взяла слово; покачав головой, она мягко начала:- Сынок - это правда! Не грусти! Мы с Хюго, и даже твой отец не дадим тебе пропасть, до конца! Если ты хочешь, Хюго поговорит с начальством на стройке, и, таким путём, ты вернёшься туда работать?- Но, тут Роб остановил её, при чём он выглядел грустным, наклонив голову вниз:- Нет спасибо! Мама и Хюго, у вас же недавно родился ребёнок, он - мой братик! И, несмотря, что я привязан ко всем вам, но я желал бы улететь, куда-то? Так я уже решил, отсюда бежать!- Розалин сразу расстроилась, чуть неплачет:- Куда же ты хочешь уехать, Робби? Скитаться по миру? Кто там, о тебе позаботиться?- Роберт расстроен - до слёз:- Знаешь мама и - Хюго, я так больше немогу! Все вокруг обвиняют меня, Бог знает, в чём? Я слышу, как люди подходят ко-мне обвинения! Мама, да ты не волнуйся, я смогу за собой поухаживать...-

ЧАСТЬ III

Глава 16

Вечер: здесь, в движущемся ресторане поезда, Роб сидел за столиком напротив парня, с Китайской внешностью. Этот молодой человек - в возрасте двадцати пяти лет, или старше; он был одет просто; но - напряжён, часто оглядываясь вокруг. Роб стал осматривать его; сказав:- Меня зовут Роберт. Откуда вы родом?- Этот Китаец подняв голову, и тут же, ответил:- Я - Дэн Миньг. И, я горжусь, быть гражданином Америки, Китайского происхождения. А, вы как, путешествуете - сами? Где вы живёте? Я имел ввиду, из какого вы Штата?- Тут Дэн вздохнул, но заметно, что он нервничал:- Я ездил в гости к моим родным, в Китай! Сейчас, я возвращаюсь к себе домой, в Питсбург! А, как насчёт тебя, Роберт...?-

Чуть позже, перед Робом и Дэном стоят порции блюд, где еда помещалась на подносе. Когда, Дэн заказал себе порцию еды у стюардессы, он сразу стал пережёвывать без промедления. Дан тут же дал знать Робу, чтобы тот кушал:- Почему ты, ни ешь ничего?- Роб глубоко вздохнул; зашатал головой, в знак отказа:- Нет, спасибо! А, ты, не обращай на меня внимание!

- Ты лучше, сам перекуси?- В конечном итоге Роб последовал его примеру; и заказал еду.

Тепловоз проезжал ночью, и, где Роберт находился на борту: 'Amtrack train', отъезжая после каждой остановки, с очередной станции, где он должен был делать. Роб смотрел в оконнное стекло, и, вдруг заметил пролетавшую ворону, что оказалась - сорокой. Юноша занервничал, и - застыл, в своём сидении. Неожиданно сорока резко полетела вниз, где она повисла на месте. Следом, птица подлетев ближе к окну вагона, при этом она - параллельно, к сидению Робби в куппе; но, по-другую сторону раммы, где

Гейл глазела сквозь прозрачное стекло, и, откуда глаза птицы, напротив - глаз юноши. В порыве страха, юноша - задвинул занавески. Таким путём в куппе потух свет; и, в поезде стало темно. В это время все пассажиры уже - заснули.

На заре следующего дня, на подходе поезд, с названием "Amtrak" стал тормозить, когда подъезжал к Питтсбургой станции, в 4.46 утра.

На улице, железно-дорожной станции, из микрофонной будки доносится интеллигентный голос, дающий знать пассажирам, что они обязанны по-плану, покинуть вагон поезда.

Заметно, как пассажиры выгружались из поезда, на перрон. Следующим: двигаясь между пассажирами, был замечен, по- пояс Роберт, который нёс саквояж. Он вдруг, остановился, и стал разглядывать вокруг, новое место. Он осматривал и -вслушивался, ко-всему с интересом; вдруг он заметил Дэна, который проходил мимо, и Роберт заговорил к нему:- Дэн, ты знаешь какое-то место, где я бы мог снять рент?- Однако, Дэн посмотрел на него, нервозно:- Несовсем! Послушай, мне было приятно познакомиться. Но, мне срочно, нужно, бежать! Хорошо?- Роберт выглядел, будто потерян в море:- Дэн, погоди секунду! Могу я хотя бы взять твой телефонный номер? Просто так?-

Чуть позже, Роб вместе с другими пассажирами, уже проходил через электронно, раздвигавшиеся двери - войдя, в Терминал Питтсбурга. Заметно, как он шагал вперёд, без остановок.

Глава 17

Прошло несколько месяцев, с момента прибытия Роберта, в Питтсбург.

В один осенний вечер Роб идёт рядом с девушкой, с которой он познакомился недавно, на этой платформе. Эту девушку зовут Элеонора Лонсдейл или Нора, и ей - восемьнадцать, а скоро - исполняется девятнадцать лет. У неё красивые черты; она - худощава; фигура вроде спортивной; со-светлой кожей. Было видно, что эта пара общалась легко, по-этому Роб тут, заговорил прямо:- Элеонора, я знаю, что мы знакомы не так давно? Могу я звать вас Нора?- Щёки Элеоноры порозавели, от нервной улыбки:- Да, можно!- Роб тогда, продолжил:- Хочу просить вас об одолжении?- Она, спросила:- Что вам именно, нужно?- Похоже, что Роб чувствовал неловкость, но он всё же спросил:- Я приехал сюда, совсем недавно! Всё чуждо мне, и много незнакомого! Но, у меня нет прав находится в общаге? Поскольку, я занимаюсь дважды в неделю, в Университете? Мне срочно нужно найти, где-то жильё? И, я готов заплатить столько, сколько нужно за рент? Нора, ты слышала или где-то есть вакансии? Ты можешь, мне помочь найти?- На что, она - улыбнулась, и, кивнула головой:- А, знаешь, наверно я могу тебе помочь, Роберт! К стати, тебе повезло! У моей семьи есть дача, недалеко от Питтсбурга? Примерно - в тридцати минутах езды, от центра города, и - до Колледжа?- Он сразу же изменился, горя желанием, и ответил - без промедления:- Мне трудно в это поверить? Нора, а ты уверенна, что твои предки не будут возражать, сдавать вашу дачу мне, в рент?- На что Элеонора улыбнулась, будучи весьма вежливой:- Я в этом уверенна! Они сейчас в отъезде! Сейчас немногие горят желанием снимать рент, всё из-за времени года, так как скоро наступит - Зима! Так вот Роберт, первым долгом вы должны осмотреть нашу дачу? Вам может и

не понравиться? Там ещё имеется, и чердак?- Роба эта

новость приятно удивила:- Да вы что, это - здорово?

Конечно я хочу увидеть ваше жильё? И, вот ещё что,

Нора зовите меня Роб!- Сейчас, она попыталась скрыть

свою радость, однако ответила, ему вежливо:- В таком

случае дача твоя, если ты, захочешь там остаться, Роб?-

Глава 18

Прошло более трёх месяцев. Здесь, у входа в Парк, видно, как Роб входит сюда на закате солнца, а, позади него волочится - Дэн Миньг. Вскоре, после эти двое проходят, приличную милю. Следом, свернув в сторону, оба оказавшись в захолустье,чтобы там они могли, передохнуть; тогда как, оба присели на скамейку. А, дальше послышалось, как они двоём завели беседу. Тут Дэн спросил, первым:- Роб, как у тебя идут, дела?- На что, Роберт поднял голову вверх, и, сделал вздох; однако видно, что он, невесел:- Немешало, чтобы было лучше...- Далее, Роб рассказал ему историю своей жизни; но осторожно, и, невыдавая всей правды...

А в это время, по-другую сторону Питтсбурга, замечен Мартин МекДёрмотт, который выходил из здания. Затем Мартин стал переходить дорогу; в то время, как он, направлялся к железно-дорожной станции.

Позже, Мартин вошёл в какой-то дом, оказавшись в комнате, где он стал всё осматриваться: шторы - завешенны. Здесь он остановился у стола, где была замечена, стоящей, бутылка 'Виски'. Кроме стоящей бутылки с алкоголем, тут лежал ещё и шприц, который он схватил со-стола, будто всё у него готово, чтобы ввести себе внутре-венную инекцию - наркотиками...

Возвращаясь в Парк: Роб глубоко дышал, кроме того он -занят, своими мыслями. При этом, Дэн посмотрел на него, озабоченно:- Роб, какая нечистая понесла тебя в это дерьмо?- Теперь Роб выглядел смутным, когда ответил:- Я работал на стройке. В то время, это - произошёл несчастный случай. Поскольку троссы разорвались, и, при этом пострадал один работник! За это я получил год тюремного заключения. Но, Судья изменила мне Меру присечения за хорошее поведение, заменив - на условно?- Миньг стал тяжело дышать, будто что-то его поразило, при этом он шатал головой, но - заговорил приветливо:- Ты, знаешь что, Роб! Тебя подставили? Смотри, кто-то перерезал троссы, чтобы причинить тебе зло? Господи, Роб, ты счастлив, что остался жив? Иначе, ты лежал сейчас быв холодной земле, если бы твой Босс, не обменялся с тобой канатами? У тебя есть враги? Кто желал тебе зла Роб?- В этот миг оба сидели молча. Теперь Роб выглядел, будто он - потерялся в море:- Я прежде, так об этом не думал? Я был знаком с парнями, которые меня ненавидет?- Но, Роберт тут воздержался, а, затем добавил:- Посколько, меня обвинили, по-сему, мне трудно было найти приличную работу! И по-этой причине, я приехал сюда, чтобы начать всё заново?- Теперь Дэн похлопал Роба по-плечу:- Непереживай, Роб всё будет хорошо?- Роб, улыбнулся, и, ответил:- Я на это надеюсь, друг? Теперь я хочу предложить тебе работу, Дэн? Мне нужен партнёр тот, кому я мог бы доверять, во-всех делах?- Тут, Дэн задумался; затем, подняв голову, он спросил, с интересом:- Неужели? И, какую работу, ты имеешь ввиду, Роберт?-

...Роб тут стал объяснять Дэну, но, не выдавая всей сути, и - оглядываясь вокруг с осторожностью:- Эта работа связанна с тем, чтобы находить богатых клиентов? А, ещё продавать товар?- Но это Дэна - ошарашило:- Что, за товар? Если это связанно с продажей наркотиков, я прямо сейчас - пасс?...- Но, Роб остановил его, объяснив:- Да, я сам, неимею дело с наркотиками, так как презираю эту гадость! Это совсем иное дело! У кого я достаю товар, не буду разглашать. Но, и ты не пытайся, из меня это выудить? Так что, подстрахуешь меня, или нет, Дэн?- Дэн пожал плечами; при этом, его брови приподнялись, и он моргнул. Дэн в это время кивает, головой: - Хорошо, я посмотрю, что можно сделать?-

Глава 19

Здесь, в фое Университета Серакьюза, можно заметить Нору Лонсдейл, только что прибывшую. Следом можно было наблюдать, как она расстёгивала пугавицы на меховом пальто а затем, передаёт его гардеробщику, чтобы повесить это, там. Неожиданно, позади, к ней направляется Мартин, который заметил Нору, и, зрачки его глаз вспыхивают; при этом он стал пожерать её глазами. Когда он сталкивается с ней, сразу затеял разговор:- Добрый вечер! Вы не очень рано пришли на лекции, Элеонора?- После глупого шока, Элеонора поварачивает голову, чтобы глянуть на того человека:- Добрый вечер! Вы меня испугали, подойдя, сзади? Ах да, я вспомнила: вас зовут Мартин? Так ли, это?- Мартин, весь засветиться, отвечая вежливо: - Да, я - Мартин! А, можно узнать, или вы не заняты сегодня вечером?- Она вдруг, ощутила неловкость:- У меня как раз есть планы на сегодня. И, зовите меня Нора!- Здесь Нора промолчала, чтобы не сказать больше; но, она опустила голову вниз:- Я пришла по-раньше, так, как встречаюсь с одним человеком! Простите, если я...?- Он выглядел, в этот миг потерянным:- Да, а ваша встреча тут, случайно не по-поводу Юридического курса? Кто этот, человек...?- Но, его остановила Нора, от дальнейших разговоров, когда она подтвердила:- Моя встреча ни имеет ни какого отношения, к учёбе! Это приватное дело!- Но, Мартин пытается задержать её, за беседой:- Неужели? Это кто-то, с кем я, знаком?- Но Элеонора, расстерянна:- Я - сомневаюсь! Его зовут Роберт, он учиться здесь, в Колледже! Он прибыл из Детроита! Я лично помогла ему найти жильё!- В тот же миг блеск в глазах Мартина погас, и он глядел, в недоумении:- Кто вы сказали то был? А, его фамилия случайно, не Липинский?- Элеонор глядела, будто в шоке; она тут кивнула головой, но - отрубила:- Это

- тот самый! И, нам с ним надо встретиться, вечером!- В тот миг выражение на лице Мартина сменилось - на бледность; также было видно, как его тело дрожало. Нора, напротив болтала без остановки:- Вы его знаете, Мартин?- Однако, в такой не лёгкой ситуации, Мартин пытается быть сдержанным, несмотря на то, что он ощущал боль, чувствуя себя проигравшим:- К стати мы с ним знакомы!- Здесь, она остановила его:- Неужели? Каким же, образом?- Тут Мартин увидел свой шанс разлучить Нору и Роберта:- Нора, вам было бы интересно, узнать о Липинском, всё?- Но говоря, Мартин выглядел, будто горит желанием. Сейчас, её плечи дрожали; сделав глубокий вздох, при чём она решает разобраться:- И, что же я должна узнать о Робе?- А, Мартин стал рассказывать горя желанием:- Я расскажу о нём всё? А, вы сами сделаете для себя вывод...-

Глава 20

Прошёл ещё год, или два. Здесь наблюдается время после полуночи. На улице стоит зима. В том месте, внимание привлёк Роб, который крепко держит Элеонор, в то время, как они выходят, из 'Дискотеки'. Наблюдая за ней понимаешь, что она - пьяна; по-этому она тяжело ступает, и - шатается. Вдруг, она заорала, и, заодно стала смеяться:- Зачем ты меня держишь? Отпусти меня, сейчас же?- При чём, Нора пытается освободиться, из цепких рук Роберта; но без его помощи, она может легко упасть, и пораниться на льду. Он улыбнулся, но одновременно - волновался, рядом с ней:- Прости Нора, но если я не буду тебя держать, ты поскользнёшься и, упадёшь на лёд, и можешь удариться?- Роб видит, что Нора настырна, по-сему, он зашагал быстрее. Теперь она в восторге:- Роб, ты меня поражаешь! Скажи мне, откуда у тебя столько наличных, на рассходы?- Заметно, что Роб напряжён:- Зачем тебе это, нужно знать?- В миг она, сменила тему - на нежность:- Эй, ты - расточитель! Сегодня ты оплатил за мои вещи шик и - за подарки? Ты потратил деньги, чтоб купить вещи, за которые я должна трудиться годами? Верь мне или нет, но я не могла бы заработать кучу денег, чтобы жить в роскоши?- На что Роб, усмехнулся; хотя он - напрягся, но ответив:- Если ты хочешь знать, Нора, у меня есть работа! Я работаю консультантом по- продажам; а, по-сему, я часто бываю в отъездах...- Нора остановила его, говоря с иронией:- Так значит, ты консультант по продажам? Ух, ты?- Роб при всём, выглядел расстерянно:- Так точно! Нора, сегодня твой день Рождения и я сделал тебе подарок, потому что ты - достойна всего...!- Он выглядел, будто потерян в море:- Ты и твоя семья помогли, когда мне нужно была место, где жить? И мы должны верить один одному, так как знаем друг друга, очень давно?- Теперь она посмотрела на него;

улыбнулась; вздохнув; она стала держаться за рукав его пальто. Реакция Норы была с нежностью к нему; но, она неуверенна в одном:- Добро! Но, я не хочу быть в долгу ни перед кем, даже если это ты Роб? Я уже нашла хорошую работу?- Дальше слышно, как Нора начала икать; и Роб засветился. И она тут же, добавила:- Как я уже говорила, надеюсь, что ты не будешь настаивать, сам знаешь, что я имею в виду?- Она тут указала глазами вниз: на половые органы, чтобы завлечь его. Роберт сразу рассмеялся, при этом его голова стала качаться, когда он ей ответил:- Нора, посмотри мне в глаза...- Он, тут же остановился. Она, в свою очередь, подняв вверх подбородок, и - посмотрела ему прямо, в глаза. Он взял её руки в свои, и стал их нежно гладить:- Неужели я похож на того, кто будет настаивать, ты знаешь на чём? Да, я оплатил за твои подарки, как благодарность! А теперь, ты не должна, переживать, из-за этого! Я даю тебе - слово!- Неожиданно, он заметил такси, что остановилось, недалеко от них. В тот же момент, Роб, начал бежать в сторону машины, и, по-дороге держа в обнимку, Элеонора.

Чуть позже, Роб уже открывал кабину, куда он сразу втолкнул Нору, внутрь такси, а, затем, влез туда сам. Он сидел рядом с Норой, на заднем сидении такси. Водитель между тем, повернувшись назад, разглядывал эту пару:- Куда вы желаете ехать?- Роб поднял голову; и, давал инструктаж водителю; он, затем наклонился, на переднее сидение:- Мужик, ты бы мог, нас отвезти...? Друг, понимаешь у неё сегодня день Рождения, и она слегка, подвыпила. Я заплачу вдвойне, если ты будешь гнать? Послушай приятель, ты мог бы закрыть раздвижное окно? И, сейчас, дай нам привратно поговорить? Хорошо?- На что водитель моргнул, и, стал закрывать раздвигающееся стекло, в кабине. В то время, как водитель прикрывал стекло, Роб придвинулся ближе к уху Норы; и шепчет ей, касаясь при этом, её мочечки. Когда она обернулась, он объявил:- Так, что бы ты хотела узнать, обо мне?...-

Познее, в ту же ночь Роб и Нора шагали по-заснеженному тратуару, и, оба - направлялись к даче, где сейчас жил, Роб.

Следом, он подняв её на руки, и понёс в спальню. Там, он пытался уложить её в постель, но она вместо покоя, стала его соблазнять, затем она схватила Роберта, за жакет. Таким путём она прильнула к нему, с целью поцеловать его в губы. Своими чарами она пыталась его соблазнить:- Скажи, почему ты так добр, ко-мне? Только потому, что ты у меня, в долгу? Я тебя никак не могу понять, Роб Липинский?- Теперь заговорил Роб; при этом ведя себя, как истинный джентльмен:- Нора, ты выпила больше, чем можешь выдержать? Но, ты потом ты можешь пожалеть о том, что ты собралась здесь сделать? И, несмотри на меня так, это - правда? А, сейчас будь примерной девочкой, и ложись спать? Окей, Нора?- Теперь она схватила за рукав его пиджака, стала тащить его по-верх на себя, при этом, оставаясь чарующей:- Да, неужели? Ты же купил мне дорогие подарки? И, хотя я не из тех девиц, что идут спать с первым встречным, кого они только встретили?- Сейчас её дыхание, усилилось:- Однако, в моём случае, ты мне безумно нравишься, Роберт! Почему, мы не сделали этого раньше, ты знаешь, что я имею ввиду? Разве я тебе не нравлюсь? Так ты скажешь, наконец?- Роберт выглядел скромным, хотя пытался скрыть свои истинные чувства, хотя он и кивнул, но чарующе - высказался:- И, только настоящий дурак, не влюбился бы в тебя?- Сейчас Нора пытается его раздеть; но, Роб - твёрд, и не подаётся её притязаниям:- Нора, остановись! Выслушай меня, я сам хотел купить тебе подарки, так как ты протянула мне руку помощи в трудное для меня время? Ты пожалеешь, что пытаешься сотворить, когда прийдёшь в себя?- Теперь, он рассказал ей историю о себе, невыдавая при этом, всей сути...

Прошло чуть времени, с момента, как пара образумелась. Роб гладит её волосы:- Ну, как мы уже прошли эту тему, со всем конфузом, и твоими глупыми идеями, Нора?- Заметно, как она светилась, вновь пытаясь его соблазнить:- Ага, это - так! Но, разве ты не хочешь овладеть мной, Роб?- Видно, что Роберт борется сам с собой:- Хватит! Иди, спать! А, я накрою тебя одеялом! Так будет лучше! Спокойной, ночи, Элеонора?- Роб тут прикрыл её одеялом; следом, поднявшись с кровати, он выключил свет; и, тихо вышел из комнаты.

Глава 21

Роберта со-участница преступлений - сорока Гейл, летала по регионам, обычно - в вечерние часы. В удобно расположенные дома, где птица выбирала сама, и, совершала там, налёты.

Сейчас открывается вид на периферию, где наступила ночь. Здесь, в поле зрения попала двух-этажная вилла, где-то в деревенской местности; где на верхнем этаже дома, заметно мелькание света; а, балкон раскрыт на распашку. Там же, видно, что хозяева отсутствуют в доме, на данный момент.

Откуда ни возьмись, сорока влетела туда, и, приземлилась, на корнизе. Следом, сорока захлопала крыльями, каркнула; и - залетела во-внутрь. Там птица приземлилась на поверхность серванта, где хозяева хранили свои драгоценности; и сразу же принялась открывать это, используя свой клюв, чтобы открыть заветную шкатулку. В несколько заходов, и пользуя костянной клюв, сорока сумела подобрать один-по-одному, сверкающие драгоценности. Следом, сорока сбрасывала один за одним, ювелирные изделия, в свой мини-мешочек, висящий с птичьей шейки. Как только птица окончила работу, она сразу взвилась вверх; и вылетела через открытый балкон, но кто знает куда? Напоследок сборщица, каркнула:- Ка-р-р-р!-

Птица витала в воздухе, уже довольно долго. Следующий маршрут вороны приземление на ветвь ёлки, что росла в лесу. Там Гейл закрыв глаза, казалась спящей, так как завтра, сороке представял долгий перелёт, чтобы быть уже, на пути, к даче Роберта, куда-то, в далёкий городок.

На следующий день, сорока вновь в полёте. Пролетев какое-то время, и, неся с собой мешок с тяжёлой ношей, что свисал вниз, с её птичьей шейки, она стремилась полететь далеко.

Между тем в пригороде, где жил Роб, уже наступила ночь. Роб чуть было задержался, остановившись вблизи, дверного проёма. Будучи уверен, что его неслышат, Роберт, прикрыл двери. Следом, без каких-либо задержек, он стал подниматься по-лестнице, и очутился, у входа на чердак. Там, внутри он безшумно толкнул дверь, и - вошёл на чердак. Роб ступал по комнате, где птица сидела на крыше кукольного домика, что Роберт сам смастерил для Гейл. У неё можно было заметить крохотный мешок, что свисал с птичьей шейки, и который не наполнен весом. Улыбаясь Роб, заговорил в рифму:-... Так ты принесла сегодня что-то необычное на своих крыльях, Гейл?- На что, сорока каркнула:-! Кар-р-р! Кар-р-р!- Роберт тут же, приблизился к птице, и достаёт из думочки, крохотный мешок, лежавший, в птичьем домике. Присев на стул, он развернул и тут, разложил ценности; а, затем, свернул товар в целофановый мешок. Роб кажется, подсчитал приблизительно ценность:- Я полагаю, здесь не так много, Гейл? Значит мне надо съездить, чтобы забрать остальное, в другом месте?- Сорока в ответ - каркнула:- Кар-р! Кар-р-р! Кар-р-р!-За этим следовало: Роб взял сумку на плечи, и, следом сразу же покинул чердак, без малейших задержек.

Позже, той же ночью, грузовичок Роберта уже гнал по главной трассе, где рядом с ним в авто, сидел Дэн Миньг на переднем сидении машины. Немного спустя, фургон свернул с трассы, и дальше поехал, в сторону захолустья. Вскоре, сорока дала сигнал сверху этим двум напарникам. Когда послышался, вороний крик-:- Кар! Кар-р-р! Кар-р-р!- Следующее действие, когда сорока приземлилась на дерево с огромными ветвями. Фургон двоих остановился, в находясь, ближе к ценному дереву. Эти двое тогда вышли из фургона, и посмотрели вокруг; будучи осторожными. При этом том месте и

Дэн, спросил:- Роб, ты уверен, что это правильное место, где надо было остановиться?- Роб тут, подняв голову, и осмотрел местность:- Я в этом уверен! Вон, посмотри на то дерево?- В этом время он указал рукой наверх:- Смотри вон там, сверху, сидит Гейл?- Дэн, тут же посмотрел вверх, на дерево:- Добро, друг, если ты так говоришь? Тогда, кто полезет на дерево?- Тут Роб заговорил, будто шутил над ним:- Если ты боишься высоты, Дэн? Думаю мне прийдётся сделать, это самому?- За этим последовало, что Роб стал проверять карманы своей куртки:- А, где же мой фанарик, друг?- Тут Дэн протянул Робу фанарик:- Вот, возьми фанарик, Роб. Будь осторожен, ладно?- Следом Роберт поднял сумку, которую он одел себе на спину. Тут заметно, как он держал в руке фанарик; а, затем стал лезть на дерево; где уже видно, что он поднялся на верхушку.

Вдруг в комнате, где жили Липинские, прозвонил телефон. Здесь сидел Хюго, и смотрел телевизор. Поднявшись с места, он лениво, ответил на звонок:- Алло! Дом Липинских!- Роб же, на своей даче, тревожно прислушивался к интонации отчима, который на линии связи. Но, у него голос напряжён, когда Роб заговорил в трубку:- Привет, Хюго! Это я - Роб!- Теперь послышался голос Хюго, горя желанием:- Эй, здорово, Роб! Как у тебя, дела?- Далее невозможно услышать, что Роб рассказывает Хюго... Следом, отвечает Хюго:- Рад тебя, слышать! У нас здесь всё отлично. Маленький Рэнди ростёт, днём-за-днём, по-немногу!- Следующим слушает Хюго, когда вдруг, его лицо сменилось - на бледность; а, интонация его голоса в трубке указывает, что он - взвинчен, когда резко ответил:- Нет, Роб! Нет, а, как я объясню своё отстутсвие Рози, что я, что-ли, уезжаю в путь?- За этим последовало то, что сказал Роб; и Хюго, согласился:- Ладно! Я согласен это сделать! Я встречу тебя на пол-пути прямо, на месте! До встречи, сынок!-

Глава 22

В этом месте заметна вывеска: 'Добро пожаловать, в Мексику!' Здесь, в Мехико-сити уже наступила Весна! Здесь обращает на себя внимание Роб, который замедлил, сперва - выйдя из легковой машины. Пленящий луч солнца, поймал тут Роберта внезапно, и - ослепил его, на короткое время. Здесь замечен ещё и - Хюго, сидящий на переднем сидении, в автомашине; похоже, что он чем-то, встревожен.

Чуть позже, Роберт поднимался по-лестнице в гостиницу, куда Хюго привёз их обоих, управляя рулём, всю дорогу. Пройдя сквозь само-раздвигающиеся двери, Роберт подошёл ближе, к фантастичной стойке регистрации.

Вскоре, Роберт набрал номер на своём мобильном, и, стал говорить с кем-то; а его голос звучал спокойно, в телефоне: - Привет, это - я! Я прибыл, как было запланированно!- Тут он, слушает осторожно мужчину, на другой линии связи. Мужской голос незнакомца, в телефоне, ответил:- Окей! Ты приехал на такси?- Теперь Роб говорит следующим, в мобильный:- Нет! Но, можно сказать и так!- Незнакомец тогда, распорядился:- Хорошо, тогда поднимись на пятый этаж, и иди в номер-люкс -восемнадцатый. Наш гость уже ожидает...- Роб опустил голову вниз, посмотрев на свои ручные часы, где время показывало: 11.08 утра (По местному времени.) А, в этот момент, в гостиничном номере люкс, можно обозреть Роба, сидящего между группой людей. Рядом с ним были ещё, замеченны два иностранца, один из них - Японец, господин Накимуро; этот крайний не говорил, по-Английски. По-этому, все собрались в кругу, куда приглашён Японский переводчик, который то же присутствовал. Наблюдая за реакцией среди присутствующих, здесь ощущалось, напряжение; хотя одни -размахивали руками; но видно, что другие занялись дебатами. Переводчик повернулся, чтобы уделить внимание своему клиенту:- Мистер Накимуро хочет знать, или...?- Переводчик, затем спросил, какую сумму его клиент должен уплатить, за товар Роба. И, в тоже время он обернулся, чтобы пообщаться с остальными:- Сколько вы хотите за это добро?- Роб, в свою очередь, посмотрел на клиента Японца, который был уверенн в себе. Он, следом заговорил тихо, но строго: - Я желал бы оплатить в Американских долларах!- Переводчик обернулся, и - устно перевёл клиенту. Клиент кланяется, и покачал головой: - Господин Накимуро сказал, что ему нужен - тайм-оут?- Вдруг, послышался бой настенных часов: бум; при этом там показало время: 15.48 - после полудня.

Вскоре Японец вернулся только, чтобы получить объяснение через переводчика на Японском. Видно, как он тут, зашатал головой вверх и вниз, двигая плечами; при этом по-языку его тела, можно было понять: он даёт согласие. Переводчик, тоже стал качать головой:- Мистер Накимуро, согласен! Однако

цена, на которую вы настаиваете, намного выше, чем

он рассчитывал уплатить, за этот товар?- Переводчик

тут, взял в свои руки это дело, и - договорился о сделке

с Робертом.

Глава 23

Прошло довольно много времени. Тут попал в поле зрения - Мартин, входящий в Нью-Йорке, в здание Штаб-квартиры Интерпола. Там, в лобби он присел на стул. Там, замеченны двое мужчин, одетые в тёмные костюмы, и стоящие по-другую сторону комнаты. Эти двое посмотрели друг на друга, а затем на - Мартина, и, усмехнушись, стали моргать. Вдруг, Мартин поднявшись со своего места, был готов обратиться к тому, кто сидел за защитным стеклом, где внутри, он заметил офицера. Пару минут позже, Мартин уже вошёл в лифт, направляясь на указаный этаж; тогда, как один офицер сказал другому, и при этом, моргая в сторону, Мартина:- Цыклоп то уже воскрес, и - снова вернулся?- Было видно, как те двое, одетые в костюмы, прямо на месте, стали хохотать, во-всю. Всё ещё находясь в здании Интерпола; Мартин сейчас вышел из лифта; там, вскоре он нашёл нужный кабинет. Оглядываясь вокруг, он остался довольным:- Я нахожусь, на шестом этаже. А, вот кабинет Главного начальника, это люкс - 166?- Мартин следом, пошёл к кабинету, но видно, что он охвачен паникой. Перед тем, как войти он постучался, в дверь. Внутри в бюро, замечен мужчина командир группы Интерпола, это - инспектор Колабрин, который предстал в возрасте: за тридцать; с чёрными волосами. Ещё было заметно, что он носит тёмный костюм. Колабрин был занят, беседуя с кем-то, по-телефону; а по-сему не слышал, что Мартин, за дверями стучится к нему. Колабрин выглядел занятым, концетрируясь на беседе, по-телефону:- Я позабочусь, как только такое возникнет! Тебе это - не дошло, что я только что, сказал?- Затем он слушает, когда на телефонной линии тот сообщает ему что-то, весьма важное:- Как это, тогда произошло?- Инспектор дышал в трубку; послушав голос немного; он затем поднял эту тему:- Хорошо! Я сделаю, что смогу?- Слышится вновь, стук в двери. На этот раз Колабрин ответил: - Да? Кто, там? Войдите!- Мартин открыл тяжёлую дверь; и, пошёл в сторону стола, где заседал инспектор. Он, следом уселся там, без приглашения. Колабрин, подошёл к нему напересёк, но, был не в состоянии составить своё мнение:- Кто - вы? И, почему вы, здесь?- Мартин, же отреагировал, общепризнанно, скромно:- Сэр, я пришёл, поскольку хочу работать здесь!- Колабрин, в свой черёд, усмехнулся, и посмотрел на него; он потряс плечами:- Почему? Что, заставило вас, так поступить?- Вот тут, Мартин - изумился:- Я не понимаю ваш вопрос, Мистер?- Но, Колабрин строг, хотя в иронии судьбы- Парень, для тебя я - инспектор Колабрин!- Тишина; затем, он добавил:- Проклятие! Я не хочу обсуждать, здесь дерьмо! Каковы истинные намерения, что - ты горишь желанием работать, в Интерполе?- Колабрин задел самолюбие того; и, в результате Мартин стал суров:- Могу я поведать вам о себе, инспектор?- Но здесь, Колабрин остановил его, артикулируя, будто отслеживая:- Ты не сказал мне своё имя? Чтобы установить контакт, для начала?- Мартин же, выглядел

расстерянным:- Прошу, прощения! Я - Мартин

МекДёрмотт, к вашим услугам, сэр!-, Сейчас, он сразу

же повернул свой повреждённый глаз к Колабрину;

при этом крайний, заметил дефекты на лице парня,

сквозь падающий свет. Теперь оба заткнулись. Но,

Колабрин указал рукой Мартину на дефекты на его

лице, и был ироничен:- Я вижу у вас на теле, имеются

несовершенства? И, я недумаю, что вы сможете

справиться с ситуацией риска, под-напряжением?

Более того, вам незнаком жаргон, в наших органах?-

Тут лицо Мартина сменилось - на бледность; а его

глаза уже блестели со злостью:- Первое и - основное,

я не пришёл сюда, чтобы получить оскорбления!

Во-вторых, вы - не первый из тех, кто обсмеивал,

делая из меня дурака?- Он запыхался; но - взвинчен:-

И последнее, я хочу сделать карьеру, получив -

повышение в высший ранг, тут, в Интерполе?- Мартин

затем, указал Главному рукой на свои дефекты, при

этом нагрубил:- Эй, Главный! Один мужик причинил

мне зло! Но я преследую его, очень долго! Потому,

что он - вор, по-этому мне нужны доказательства, что младший Липинский - виновен! И надо поместить его туда, где принадлежит - в тюрьме?- Эти двое смотрели друг-на-друга; затем Главный усмехнулся; нарушив покой; вздохнув, он:- Итак МекДёрмотт, вы мечтаете быть, как - Александр Македонский? Потому, что вы хотите выиграть? Не так ли?- А, Мартин светился радостью; теперь его реакция, доверительна:- Мне вероятнее будет, победить!- Колабрин же - усмехнулся; качнул головой; и, похлопал парня по-плечу:- Вот это дух, который нам нужен, здесь! Рассматривай, быть нанятым, Мартин!- Парень качнул головой. А, Главный - повернул беседу, в другое русло:- А, сейчас, Мартин расскажи мне по-больше! Как имя, этого налётчика?-

Глава 24

Сейчас здесь уже наступили сумерки. Когда же, укол был произведён, это повлияло на состояние Мартина, и - сказалось на его больном воображении. Вдруг, явление имиджа Жаверта и - звучание его голоса, обратилось к Мартину, тихо:- Так что, Мартин, ты не смог переубедить ту девушку?- Мартин качнул головой робко:- Нет! Как же, я мог? Сейчас Нора даже не хочет разговаривать со мной?- Но, Жаверт пытается его поощрить:- Ой, да ладно! Не сдавайся, мужик! Разве ты не научился, как - в книге? Там я проделал все трюки, тому беглому каторжнику Валижану? И -надеялся однажды, привлечь его к правосудию?- Мартин, тут задумался немного; затем качнул головой вверх и вниз:- Да, уж! В книге всё объясняется! Я буду следовать, как в книге!- Тут Жаверт усмехнулся; и похлопал того по-плечу, потребовав:- Сейчас время сделать что-то непредсказуемое в отношении Роберта? Через большое дело, мой мальчик...-

По-прихоти, этот Французкий инспектор - исчезнул. А, пока он пребывал, словно сомневался в своём уме, о чём Жаверт ему поведал:- Я не знаю, что означает 'большое дело', инспектор имел ввиду?- Когда, вдруг неожиданно, как молния ударило Мартина, через это он разберётся:- Ты ублюдок, Липинский! Через тебя я стал посмешищем, и меня прозвали - Циклоп наши силавики! Моя карьера ни куда не движется? И, меня не хотят продвинуть по-карьерной лестнице? А, сейчас ублюдок женится на Норе? Я убью его своими голыми руками! Пусть только Роб, мне непопадётся? Я клянусь!-

Глава 25

И всё же, пролетело пару лет. На улице темно, и там замечен Роб, идущий среди толпы пассажиров, на железно-дорожной станции, в Нью-Йорке. Он огляделся вокруг, но, был осторожен. Вскоре, Роберт нашёл телефон-автомат в непосредственной близости. Далее следует, что он набрал номер на своём мобильном, где послышались гудки. Вдруг мужской голос ответил, говоря на Китайском. Это был голос господина Сянга, в телефоне: - Ресторан Сянга, чем могу служить?- Тишина, на обоих линиях связи. Следом, мужской голос переключился на Английский:- Алло, Ресторан! Кто - говорит?- Тут Роб - сконфужен, когда стал дышать в трубку телефона:- Алло! Есть здесь, Мистер

Сянг?- Мужчина, на другом конце линии связи - слушает; и -вздыхает. Следом, послышался ответ его:- Я - Мистер Сянг? Чем вам могу быть, полезен?- Теперь Роберт, выдохнул:- Добрый вечер, Мистер Сянг? Я - Роберт!- Но Сянг, прерывает Роба от беседы; когда говорил сам, резким голосом:- Откуда, вы взяли мой номер?- Роб тут же заткнулся; когда, он говорит следом:- Дэн Миньнг дал мне его! Я хотел бы встретиться с вами, сэр?- Голос Сянга напряжён:- А, где Дэн? Я его тоже хочу увидеть?- Роберт слушает; и, тут он вздохнул:- Нет! Дэна нет в Нью-Йорке? Я надеялся вам сам показать эти товары, мистер Сянг?- Сянгу, на другой линии связи, наконец дошло:- Ах, вот как? Да, сейчас я вспомнил! Насчёт товара, мой клиент хочет 50% скидки?- Роб ответил громко, хотя он напряжён:- Мистер Сянг, это - безумие? Я не могу!- Теперь, он прервал Роба, и сказал тихо, но твёрдо:- Когда вы прийдёте, ещё раз увидеться со мной, приведите с собой, и - Дэна? Хорошо?- Роб всё ещё крутится на железно-дорожной станции; стоя в стороне; он, затем, набирает номер на своём мобильном. Оглядевшись, он, отдаёт отчёт, что толпы идущие рядом; в то время, как он разговаривал, по-мобильному, когда там - явно сигнализировало. Со-всех сторон железно-дорожной станции, среди толпы их пользователей, которые здесь отбывали, или прибывали; можно увидеть, как они спешат: взад и вперёд.

Учитывая условия там, в доме Дэна его голос - на мобильном: - Алло! Говорит, Миньг!- Роб говорил встревоженно, в трубку телефона:- Привет, Дэн это - я!- Дэн слушал, и - улыбнулся:-Эй, Роб! Как у тебя, идут дела?- Роб слушает, но - был на чеку; сделав глубокий вздох; он затем, поведал:- Не совсем хорошо! Но, я рад слышать тебя, Дэн?- Дэн тут, спросил:- Что случилось?- Роб вздохнул:- Я звонил твоему другу. Но, всё прошло не так хорошо, как я ожидал?- Дэн же, на линии связи слушает; затем вздохнул, он спросил, напряжённым тоном:- В чём, проблема?- Тут Роб ответил:- Он мне предложил сумму, - которая меня неустроивает! А, клиенты хотят пол-цены, за кучу? Ты знаешь настоящую цену, за это, Дэн?- Эти двое, на обоих линиях связи, дышали, и - глубоко размышляли. Но, голос Дэна предстал грубым:- Какова была реакция, мужика? Можно ли этим скрепить печатью, сделку?- Роберт тут слушал настороженно; он затем стал дышать, в телефон:- Он сказал, что может передать сообщение! Он хочет, чтобы и, ты пришёл тоже? Итак Дэн, ты можешь найти мне новых клиентов? Ты знаешь, как это, сделать?- Эти двое, на обоих линих связи - дышали, в трубку. Роб опустив руку в карман, извлёк оттуда мешок обвёрнутый, в тряпку. Он уставился на кучу, в то время, как говорил; а, ещё он глубоко, размышлял. Следом, Дэн зароптал:- Роб, погоди минуту? Зачем, мне нужно быть, в Нью-Йорке? Вы, что сами не сможете, всё уладить?- Но, Роб напряжён:- Потому что, клиенты хотят большую прибыль?- Сейчас Дэн, остановил его:- Это всё дело кажется странным?- Услышав, дыхание Дэна затрудненно, в телефон. Следом, он бормочет:- Затем снова, если ты пойдёшь к тем клиентам, за спиной, у

Сянга, ты может закончить - в тюрьме? Роберт, ты должен быть в согласии, с делом того мужика...?-

Однако Миньг не имеет ни малейшего понятия, что кто-то, где-то, прослушивает его телефон; что обсуждение там, Дэна и Роберта – пишется на плёнку.

Вскоре после, Дэн, наверху закончил телефонный вызов; а, на противоположной стороне, от дома Миньга, замечен фургон. В том фургоне сидят двое человек; которые носят наушники. Тут можно заметить одного из них, это - Мартин, Циклоп; который вслушивается, нетерпеливо к разговору, в своих, наушниках.

Мартин снимает с головы наушники, когда у того, закончился телефонный вызов. Он повернулся перед другим, и выглядел возбуждающим. Он затем, позвонил кому-то, и заговорил. Мартина голос - радостный, в гарнитуре трубки:- Главный, мы имеем ублюдка!- Тогда, как Колабрин на линии связи слушает осторожно; он следом реагирует, где его голос строгий:- Вы засекли его место-нахождение?- Главный и Мартин слушают, и - делают вздохи; видно, что крайний – возбуждённый:- Да, Главный! Я же дал слово, разве не так?-

Глава 26

З десь этот день, купался в лучах света. Сейчас, Роберт стоял возле металических ворот; и, ожидал открытие ограды, чтобы быть выпущенным из тюрьмы - на свободу. Только Роб отошёл далеко от тюремного выхода; остановка; и, он осмотрелся вокруг. Затем, он стал подходить к Дэну; тот последний, улыбнулся. Дэн обнял Роберта; и похлопал его по-плечу:- Я рад видеть тебя на свободе, Роб!- Роб также стал обнимать Дэна, и похлопал его по-плечу, когда он улыбался:- Я тоже - Дэн! Давай убираться, отсюда!- Следом, эти двое садятся в такси, ожидавшее их, в стороне.

Немного спустя, Роб рядом с Дэном уже садились в местный поезд. Как только сигнал - слышен, тогда как эти двое, среди путешественников, поезд отправился с железной станции; где они уже сидели в вагоне. Дэн и Роб начали расслабляющие фланговые, на поезде; путешествуя через весь Нью-Йорк. Заметно, что Роб погружён, глубоко в мыслях.

На закате того же дня, Роб торопился, проходя через ворота, в парк, где некоторые растения появлялись бесплодными, и - расположены на земле из-за морозного климата. Следом, Роб на пути в глубь Парка; он один, и - торопится; остановившись лишь у ворот - оглядываясь кругом. В считанные секунды, Роберт начал звать сороку, и делает это - в рифму...

Вскоре сорока становится видимой, и, парит в сторону от его стенда. Роберт выглядит хмурым:- Привет, Гейл! Прости, что я не приходил раньше? Такое уж невезение несколько дней у меня было, потому что меня аррестовали...- Он наблюдал за сорокой: похоже: Гейл признаёт, что он сказал. В довершение всего, у птица есть содержание, по-сему качает клювом вверх и вниз, и - крошечной головкой. Тут слышится вороний крик:- Кар! Кар-р-р! Кар-р-р!- Роб следом поведует птице историю:-...Полиция задержала меня на семьдесят три часа! Спасибо, Богу, Менты ещёне нашли доказательства, чтобы бросить меня в тюрьму? Если бы Менты имели доказательства, меня бы осудили на долгий срок? Всё благодаря Мартину, Циклопу, нет никаких сомнений - хочет сделать мне больно?- Роб тогда поднял голову, а, его правая рука - указывала, на дерево:- Гейл, ты мой верный союзник! Так укажи мне путь, где ты хранишь те драгоценности...?-

Следом, Роб опустил голову вниз, и, набрал номер на своём сотовом. Элеонораа гибким голосом, ответила:- Алло! Кто -там?- Роб слушает внимательно голос жены. Он, следом заговорил:- Нора, это - я! Я на свободе...!- Нора, на другом конце линии стала глубоко дышать, и - заплакала.

В момент, когда Роб повесил трубку; он обернулся; похоже, что за ним всё время наблюдала сорока. Он тоже, смотрит на реакцию Гейл, тогда, как сорока парит. Видно, где эта птица приземлилась; и сейчас сидела сверху, на ветке дерева. Гейл вращает своей крошечной головой, поворачиваясь, и, была осторожна; но уставилась зелёными глазами на человека, перемещая крошечную шею: вверх и вниз. Сорока каркнула, а её ехо, послышалось:- Кар! Кар-р-р!- Роб опустил голову вниз, и, стал всасывать воздух. А, отсюда следует, что Роб по-тихоньку, стал убегать...

Глава 27

Здесь, ночное время, Роб ездил на такси по всему Нью-Йорку. Когда он свернул за угол. Затем он идёт через весь город; откуда, он попадает - в само серде Китайского квартала.

Вскоре, Роб зашёл в Китайский ресторанчик, под названием: 'Сянга Ресторан '. Там он видит Дэна; остановка. Похоже, что Роберт стремится, поспешив к этому столику.

Недолго после, официантка, что обслуживала столы, подошла к Роберту и Дэну. Прослеживая, она тут опустила голову вниз, в реверансе для гостей; и тут официантка заговорила на плохом Английском:- Что бы вы хотели заказать?-, Роб глядел на неё; следует: он даёт ей понять:- Я чувствую, что мне хочется попробовать самое вкусную еду, что имеется у вас в меню?- Внезпно Сянг, вмешался:- Вы не желаете поесть на спешил?- Сянг, качнул головой в сторону, что значило официантке - уйти. Дэн кивнул; но Роб выглядел, будто потерялся в море. Он тогда покланился в реверансе:- Приятно познакомится, наконец-то! Можем мы поговорить приватно, мистер Сянг?-, Сянг, в свою очередь, с ухмылкой:- Ах, так! Давайте пойдём, на вверх, все вместе? Будет намного удобнее, там наверху?-

За последние несколько минут осмотреть явилась типичная, скрытая комната. Это где, Роберт сидел за столом рядом с Дэном, тогда как по-другую сторону стола был Сянг. Теперь, Роберт вложил руку в карман, и достал мешочек, завёрнутый в ткань. Он развернул содержимое, и положив сверху на стол, чтобы они могли смотреть на коллекцию ювелирных изделий, которые содержали, приличное колличество. Все эти трое - пораженны; когда опустили головы над, чтобы обозреть это ближе. Тут, Сянг цепляется за кучу, чтобы самому разглядеть это ближе. Следом, он говорил прохладным голосом:- Сколько вы хотите, за этот товар?- Роберт берёт перерыв для того, чтобы поднять цену; он тут усмехнулся, и произнёс, будучи дерзким:- В куче - настоящие драгоценности! Прежде, чем мы перейдём на многое, нам надо договориться о его стоимости? Я, прав тут, Дэн?- Роб недавал им говорить. Дэн стал качать головой верх и вниз, давая согласие.

Внезапно, Сянг поднялся с места, при чём у него жадный взляд, и, нервный смех:- Если, вы мне позволите, мужики! Но, я – должен, подумать?- Сянг следом, вышел из комнаты, что наверху; тихо закрыв дверь.

Когда Сянг наконец, появляется в комнате, стоя, он начал потерать своей левой рукой правую. Сянг думает немного; и тогда сказал:- Вы - Роберт?- Роб кивнул головой; и улыбнулся; видно, как его глаза блестели:- Окей, пусть будет по-вашему? Но, я должен осмотреть до глубины на товар? А, вы должны знать, как дело будет делаться здесь, и ещё в других местах также?- Он смотрел на Дэна, который качнул головой; будто был согласен:- Конечно, мистер Сянг! Вперёд!- А, Сянг опустил голову; и вынул увеличительное стекло, с целью приглядеться ближе к драгоценным камням, которые переливались, здесь, на столе:- Хорошо! Всё урегулированно, тогда?- Всё сразу: Дэн подал знаки Робу, при чём крайний пускается во-всё. Роб бормочет, скромно:- Мистер Сянг, Дэн рассказал мне о ваших связях? Итак, я хочу спросить, если...? У меня есть тайное дело, я хочу попросить вас?- Он поражён: - Ах, вот как? Какие это тайные вещи?- Для Роба кажется не подобающим, а по-сему он поколебался, вылиться, и - был нервным; но, в конечном счёте:- Сэр, я - под микроскопом? И, мне ужасно нужно действительное удостоверение, с новыми именами? Можете, мне помочь? Если не можете, просто забудьте то, о чём говорилось между нами?- Китаец же, усмехнулся, при чём он догадался, так, как он - коварен:- Итак Роберт, твоя фамилия - Липинский? - Эти двое качнули головами - одновременно. Видно, как Сянг наклоняет голову, кажется он согласится сделать дело:- Вы пришли в нужное место, тогда! И, всё же, если вы хотите наши сделки были запечатаны, а, мы должны пойти на компромис? Если вы согласитесь, сделать мне одолжение?- Роберт же, выглядел, ошеломлённым:- Какое одолжение? Мистер Сянг, что же вы от меня, хотите? Я - не вор!- А, Сянг обращает свой взгляд на добро, что лежало:- Вы принесёте мне мешок алмазов из контейнеровоза порта, что будет доставлено, из России!- Роб в тревоге; и, склоннен говорить:- Как я смогу угадать, в каком порту?- Здесь Сянг говорит спокойно:- Я дам вам знать, когда - товары поставяться? А, сейчас, согласны ли вы делать бизнес?- Теперь Роб посмотрел на Дэна. И, Роб ответил, следующее:- Дэн и я должны подумать?- Но, Сянг - коварен:- Но, ты же дашь мне снижение цен на эти вещи, Роберт? А я соглашусь достать тебе действительные удостоверения?-

Глава 28

Здесь - сумерки. Обращает на себя внимание, что Роберт находится в своей спальне, где сидел на углу, своей кровати. Рядом с ним - Элеонор; похоже, что она расстроенна, и - собирается, плакать. Роб же, гладит её волосы, рассказывая:- Нора, нам нужно решить сейчас? Так как, мы должны уехать - без промедлений?- Элеонор делает глубокий вздох; подняв голову, она выглядела растерянной:- Почему мы должны ехать, Роб? Ты планируешь, чтобы этот побег произошёл, скоро...?- Однако Роб устремлён:- Боюсь, что да! Очень важно, чтобы ты приняла мой план?- Она задумалась немного; и высказывая свою позицию, была мрачной:- Я думаю, что мы не должны торопить события?- Но, тут Роб прерывает её; качая головой, так как, если бы непозволял. В это время, он пытается прояснить для неё нежно, но срочно:- Нора, ты не права, и - должна меня поддержать! Циклоп идёт за нами! У нас нет выбора? Так я прошу тебя, быть терпеливой? У меня всё под-контролем, детка...- Пара стала страстно целоваться. Последовало, что они стали быстро раздеваться, при этом оба идут по-течению; они оба кажутся отчаянными. Следом, эти двое плавно скользят по-верхней части постельного белья. Видно, как полно-луние, прорезается сквозь оконную раму.

А, снаружи сорока в полёте, в тот момент, когда любовью занялись эти две любящие птички; когда внутри, последовали действия. И, тут сорока стала кричать.

Глава 29

В порту Сан-Франциско сейчас ночь. Тут проходят отгрузки для судов, только пришвартованные, в морском порту.

В тот момент, как корабль выгружался с каким-то товаром. Тут привлекает внимание то, что на фоне - матрос из экипажа, когда он смотрит вокруг как, будто - оказался на краю. Тому моряку предоставлен шанс, и он открыл двери контейнера, откуда вынимает свёток. Затем он обменивает это в пункте - на запасную вещь; при чём выглядело так, будто он: как кот на раскалённой крыше.

По-сроку, на шоссе, в поле зрения попал фургон, что гнал, в сторону причала. Если обозреть: водитель фургона, уже делает разворот.

Следом фургон останавливается, рядом и близко на пути, к Порту.

В короткий срок в Порту, Роберт стоял рядом с Дэном, и уже беседует с матросом корабля. А, Матрос говорил по-Русски: - Я доставил вам товар...!- Тут Роб посмотрел на Дэна, но этот не понял:- Послушай друг, ты говоришь по-Английски?- А, матрос посмотрел на этих двоих, и, качнул головой. Теперь матрос заговорил на плохом Английском:- Да! Я сказал: вот здесь -товар!- Затем он, достаёт из кармана мешочек, обвёрнутый тканью. Матрос, тогда показывает это:- Вот, вам это! Теперь, как вы будете платить мне, за эти товары? Я рисковал своей головой, чтобы иметь возможность довести эти вещи в США!- Тут Роберт открывает свой саквояж, что висел на руке, затем показал моряку, что находится внутри. Теперь матрос, кивнул головой, кажется, что он остался, довольный. В последующие несколько минут видно: деньги переходят из рук в руки. Основная сделка была, когда моряк обменялся с Робом этим свёртком - на его кейс, удачный случай обогатеть.

Позно вечером того же дня, Роберт сидит рядом с Дэном, на переднем сидении вэна, где этот крайний ведёт машину. Дэн, поворачивает за угол, а, затем фургон останавливается, недалеко от ресторана. Роб посмотрел вокруг, и - напряжён:- Пошли, во-внутрь?- Однако Дэн - нервозен, таким образом он, оглядывается:- Да-а! Но, мы должны быть начеку?-

В тайной комнате ресторана, Роберт усажен на стороне Дэна; по-другую сторону стола, был Сянг. Эти трое глубоко изучают товары, которые Роб и Дэн принесли сюда, раньше. Теперь Сянг стал разворачивать товар; показывая им, в чём были запакованны драгоценные камни. Это трио глядит, с широко открытыми глазами, и - удивлялись. А,

Роберт - осматривает действительные удостоверения, и - удивлён:- Вот такое, вы хотели одолжение, вместо удостоверений, мистер Сянг?- Сянг поднял голову, видно, что его брови вверх, при этом он смотрит на двоих; он тут усмехнулся, и - бормочет:- Да уж, вы что не видете? Эти вещи - настоящие Сибирские алмазы! Но, это ещё не конец нашей сделки? Так как, вы двое должны доставить половину содержимого к клиентам? Теперь, я разделю товар на две половины.- А, Сянг просеивает ценные камни в сумку; затем, поднявшись со-своего сидения, он переходит к торсу, а, там - удаляет запасной, похоже, что в это, оно было завёрнуто. Он открыл шкафчик, и видит ситуацию, в которой оно не открывается. Далее он говорит:- Вот сумка для тебя, и - саквояж!- Он отдаёт саквояж Роберту. Все глазели - молчаливо. Тут Сянг, продолжил:- Вам двоим, нужно будет переехать через мост, попасть в Нью Джёрзи, и доставить туда половину клиентам? И, не забудьте привезти деньги...?-

Глава 30

Наступление сумерек, а на центральной дороге видно Роберт сидит рядом с Элеонор и Дэном; крайний управляет рулём, при этом они - в фургоне. Ввиду того, что это трио покинули город; и были на пути к Озёрам; и, теперь Миньг увеличивает скорость. Видно, подъезжающие сзади сериность полицейских машин; и, они преследуют фургон этого трио. Роб сидит на переднем сидении фургона; в данном Дэн управляет рулевым колесом. На заднем сидении фургона: Элеонора бледна, она ещё - в панике. Внезапно, Роберт кричит; и махает руками:- Дэн, жми на газ! Они, приближаются! Давай, быстрее!- Болея за 'БМВ' автомобиль Мартин сидит на заднем сидении, рядом с Колабрином, вместе с немногими из тех полицейских, которых видно в машине. Тут Колабрине кричит, срочностью: - Давай, ускоряй! Иначе мы потеряем их, из поля зрения...!-...А, пока Полиция заняла позицию; когда они стали стрелять. Мартин выглядывает из окошка машины, говоря строго:- Оно выглядит будто странное, но - рискованное испытание, чтобы - оторваться от нас! Мы их возьмём, начальник!-

Дэн увидел: началась стрельба из окна машины тех; и, оттуда продолжали стрелять в направлении фургона Роберта... Сев на хвост, автомобиль преследовал, приближаясь к трио; которые отрывались от них, на большой скорости. Когда, Роберт делает проверку спидометра, оно показывает - 85 км..., 89 км..., 90 км...-, и продолжает подниматься выше. В этой ситуации Роб кричит:- Дэн, жми на газ, на полную!- Он затем, обернулся посмотреть, что происходит с Элеонор. Её вид доказывал о плохом состояние здоровья, она дрожала от страха. Тут интервал: Роберт оглянулся; и стал гладит ей голову:- Что с тобой случилось, Нора?

Ты можешь потерпеть, пока мы не попадём в Канаду? Дыши глубже!- Её дыхание усилилось. Чувствуя себя на грани тошноты, Нора прикрыла рот ладонью; и говорит в тендере мягким голосом:- Я не знаю! Я плохо чувствую! Но я постараюсь, ради тебя!- А, он гладит её волосы; следом наклонив голову вниз, Роберт стал тереть ей ладони; и, целовать их. Роб говорит тут, чтобы быть добрым:- Прости, что я подверг тебя опастности, детка?- А, Нора глядит ему в глаза, и начала плакать; видно, как слёзы катились по-щекам её светлой кожи; беря внимание, что её существо всхлипывало, и, она задыхалась:- Робби, не смей сдаваться! Я буду скучать, будучи в разлуке с тобой...?- Но, он прерывает её, и - был твёрд:- Будет лучше, если я высажу тебя из фургона? Таким путём ты не пострадаешь, от ужаса, Нора?- В результате, Роб указал глазами Дэну, чтобы он остановил вэн. Далее, Роб открывает дверь; и вытолкнул Элеонора из машины - наружу. Роберт быстро закрывает двери машины; он затем, мощно крикнул Дэну:- Жми на газ, Дэн! Поезжай, быстрее!- Учитывая, что фургон активизирует, Дэн - ускорялся.

В полицейской машине, тем временем, кто-то заметил Нору, стоящую, на обочине дороги. В том месте - Елеонор; а, Мартина сердце начинает пульсировать. Он чувствует, будто его дыхание перекрыто; и он глядит в окно машины. Мартин - возбуждается:- Главный, мы можем остановиться на секунду?- Колабрин обернулся, чтобы поглядеть на Мартина: он смотрит и думает, что тот - дикий; так и говорит, сердясь: - Почему? Вы, сошли с ума?- Но инспектор спиной, и схватил рацию, и, начал объявлять через радио:- Все внимательно, слушают! Остановить свои машины рядом, с женщиной, на обочине дороги. И, приведите её к нам, позже!- По-этому поводу, Мартин блаженный:- Спасибо, начальник! И, Главный вы мне напоминаете инспектора, из книги "Отверженные"- Тут Колабрин обернулся назад; и, со-странным взглядом- Знаете, что Циклоп, вы - ещё безумнее, чем я вначале, думал?-

Вскоре, с Полицией и Интерполом на хвосту, они ускоряют, и преследуют фургон этой пары, в своих автомашинах. Следующим: видно, как силовики, в попытке схватить тех двоих – в действии. А, Мартин - обезумел, заверив:- Они в фургоне, катяться к Озёрам, затем, чтобы попасть в Канаду?- Он остановился, и тут видно: одна рука его - наверху, тогда, как другой рукой, он цепляется за руль. Колабрин всё ещё нервный; но передумал; говорит к органам, тогда, как концентрирует глаза, на дорогу:- Мы должны перерезать им кислород!- Мартину, любопытно:- Главный, что это означает?- Дыхание у инспектора забилось; а, его глаза сосредоточенны на дорогу; и он объясняет: - Это - означает: принять меры! Перезать им путь с боков: поездов, Аэропортов, и так далее! Нам надо поймать их и конфисковать у них те товары...-

Намного позже, конвой полицейских машин преследуют фургон Роба, при этом подталкивая, ту автомашину, к мосту. Вдруг, без предупреждения, кто-то из преследовавших машин полиции открывает заднее лобовое стекло; откуда и, стреляет в направлении шины, фургона Роба. Если заглянуть вниз - на шинах остался след, от выстрелов. Дэн жмёт ножной тормоз;

но вэн не остановить, во-время движения. Которое привело к домино реакции: при чём, полицейские машины, столкнулись с передними, преследовавшими транспортными средствами... А фургон - сворачивает, в критической момент, когда пытается избежать быть пойманными полицией и, Интерполом. Именно тогда, вэн резко поворачивает в сторону, вознамерясь, чтобы не столкнуться на скорости, в ограды железнодорожного моста. Те полицейские машины, находясь, на передней части погони конвоев собираются в ряд, когда попытались обогнать; и - с намерением, перехватить вэна превышение скорости. Роберт напряжён, и часто тянет Дэна за рукав, волнуясь:- Осторожно! Ускоряй! Не останавливай! Менты увеличивают скорость, при этом преследуют в автомобилях, позади! Они уже рядом с нами, посмотри! Держи руль, Дэн, и жми на газ, не замедляй!-

Вечером того же дня, Роба фургон был окружён машинами полиции, на мосту. Что привело этот дуэт путешествовать - к железнодорожной ограде моста.

Структура фургона следом, медленно встряхивается; так как оно - раскачалось. Следом в считанные секунды, фургон постепенно падает, и ударяется об воду. Пока Роб сидит рядом с Дэном, и оба - испуганны. В это время Роб рационален так, как пытается открыть глав-бокс машины. Ещё он - последователен, когда достаёт мини-сумку, из окошка бардачка, и - кладёт это себе, в карман. Хотя Роберт, наряду с Дэном в страхе; но, они выбрались из вэна; и, в данное время, оба оставили позади тот ужасный пожар. Внезапно, взрыв! Бум! Взрыв! Последовал - второй взрыв; фургон охвачен огнём - это сильно. Ехо слышно вокруг! Здесь, во-время взрывов - фиолетовое нарушается, и пылает пепел; на месте, пламя летало в воздухе, и далеко за. Вспышка света им - в блицу. В доменной тропы, затем плюёт, и испаряется в пламени. В связи с тем, что фургон охвачен огнём; где, тоже самое было и, с двигателем машины - оно разрушается...

Чуть позже, Мартин ходит по-косой, кажется, что это его не затронуло; вместо того, склад его ума от радости, чем от шока. Таким образом он ухмыляется, говоря в клише:- Роб, ты - получил то, что с тобой стало? Ведь ты дважды, пошёл мне на перекор! Ха-ха-ха!-

В то время, как ворона, парящая в воздухе - взывает, крича...

В считанные секунды, чудесным образом, из-под воды - на поверхность, выплывали эти две людские головы.

КОНЕЦ КНИГИ - 1